オメガは運命に誓わない

Rika Anzai
安西リカ

CHOCOLAT BUNKO

JN230301

ILLUSTRATION ミドリノエバ

C O N T E N T S

ことわざ辞典に載っている、その文言の意味は「強く有能なものの原動力が、弱く無能なものにあるという意。転じて些末《さまつ》なものを馬鹿にしてはならないという戒《いまし》め」だ。

馬鹿にしてはならないという戒め、といいつつ、このことわざ自体がオメガを馬鹿にしているのでは、とつねづね矛盾を感じている。「オメガは弱く無能なもの」という決めつけが強烈だ。圧倒的に数が少なく、基本的に声をあげない性だから、オメガの気持ちなど斟《しん》酌《しゃく》されずにしれっと公共の印刷物にまでこんな文言が載ってしまう。

千里《せんり》は男性オメガだ。

男女ともにオメガを妊娠させることのできるアルファと、同じく男女ともにアルファの子どもを出産することのできるオメガは「特殊バース性」としてさまざまな社会保障の対象になっている。

ただし世間的な評価は「天才的な能力で社会変革を担《にな》うリーダー」と「その子どもを産むことだけが存在意義の受け身な性」だ。

昔と違ってあからさまに偏見を口にすれば本人の人間性が疑われるが、だからといって人の心の中までは取り締まれない。特に男性オメガは奇異な存在だと思われがちだった。

女性アルファと男性オメガはほぼ例外なく同性愛者でもあり、さらに誘因フェロモンが桁違いに強い。男性オメガが「男を強烈に誘惑する魔性《ましょう》の性《さが》」と揶揄《やゆ》される所以《ゆえん》だ。

確かに多くのアルファにとって、男性オメガは「一度は味わってみたい珍味」らしく、クラブに行けば断るのも面倒なくらい声をかけられるし、そのぶん女性オメガにとっては「ストレートの男《アルファ》を惑わす目障りな存在」らしく、うっすらと嫌厭《けんえん》されているのを感じる。

特殊バース性のコミュニティの中ですら浮いてしまう自分の属性に、こっちも好きで男性オメガに生まれてきたわけじゃないんですが、というやさぐれた気分で十代を過ごし、二十代になると開き直って遊びまくった。そして三十歳が目前に迫ってきた今、また少し考えかたが変わっていた。

アルファのすべてはオメガのために。

そのことわざに含まれる「オメガの相手は必ずアルファ」という前提にも、今の千里は強い疑問を覚えている。

1

訪問予定の美大の最寄り駅についてホームに降りると、小雨が降り出していた。昼過ぎで、乗降客は少ない。千里はビジネスバッグから折り畳み傘を取り出した。先週出張先で見つけた美しい織の傘で、角度によって銀にも青にも発色し、さらに雨粒を虹色に弾く。子どものころからこういう仕掛けのあるきれいなものが好きで、見つけるとついつい買ってしまう。

雨の中を歩き出し、通りかかった店のショーウィンドゥに目をやると、確かにぽろんぽろんと傘を跳ねる雫が虹色に反射していた。面白いな、と傘の角度を変えて雨粒を転がしつつ、ついでに自分の身なりもチェックする。今日のために新しくおろしたスーツは国内メーカーの紺、細身のシングルだ。タイは面白くもなんともないレジメンタルだし、靴もブリーフケースも、遊び心など一切ない。

少し前に親友の碧《みどり》に「どうしたの、そのダッサいスーツ」と驚かれたが、どうしたもこうしたも、普通のスーツを選ぶようになっただけのことだ。

今までは顧客に失礼にならないギリギリのところまで攻めたスーツを選んでいたが、デザイナーズの一点ものとか、気に入りのブランドの新作とかにはさっぱり興味がなくなってしまった。恋をして外見ががらっと変わるというのはよく聞く話だが、自分が経験してみて「まさにこういうことか」と納得できた。いいなと思うものがすっかり変わって、今は平凡なスーツを普通に着るのが一番落ち着く。

ただし、そのどこからどう見ても普通の会社員スタイルに、傘と着ている中身だけがきらきらしていて、せめて傘は普通の軽量ジャンプ傘にしておけばよかったかな、と少々後悔した。中身については、もうどうしようもない。

オメガはおしなべて容姿が整っているもので、千里の場合は密集した睫毛《まつげ》や厚めの唇など顔のパーツがいちいち派手だ。クラブでよさそうなアルファを引っかけるのには有効だったが、好きな人の目には軽薄に映ってしまうかもしれず、それはとても残念なことだった。

実際、白根沢《しらねざわ》には「初めて朱羽《あかばね》さんがいらしたときは、手違いでどこかの学部がデッサンに呼んだモデルさんが来たのかと思いましたよ」と冗談まじりに述懐《じゅっかい》されたことがある。しょっちゅう似たことをいわれるし、仕事のできなさそうな第一印象は「意外にやるな」という評価アップに繋がってかえってトクだ、と思っていたが、そのころからスーツのセレクトを変えるようになった。

——こういうスーツのほうが、白根沢先生のそばにいるとき落ち着くし。

片想いの相手を思い浮かべたとたん、心臓が鼓動を速めた。

こんなふうに自分が誰かにときめく日がくるとは思ってもみなかった。そして恋がこんなにも日々を輝かせるものだということも、初めて知った。

白根沢と会うのはほぼ半月ぶりだった。

今日の約束を取りつけてから、千里はずっとそわそわしていた。

半年前、千里は会社の新商品開発に携わることになり、そのデザイン監修を頼んだ縁で、総合美術大学で立体芸術を教えている白根沢と知り合った。

おっとりした風貌で物腰の柔らかい白根沢に、千里は最初はただ「やりやすそうな先生でよかったな」としか思っていなかった。朴訥《ぼくとつ》を絵に描いたような白根沢は恋愛とは無縁の雰囲気だったし、そもそも千里自身が恋愛に興味がなかった。

オメガには発情期があるので、思春期に入ると抑制剤が処方され、正しい性知識を得るためにバースセンターで講習を受ける。同年代の一般人《ベータ》がセックスや恋愛にロマンチックな憧れを抱いている時期に、千里はバースセンターの講師から避妊や洗浄、推奨体位についてまでやたらと細かく指導された。やたらリアルな人体模型を使って「ここが前立腺、家に帰ってから自分で場所を確かめておきましょう」などと真顔でレクチャーされ、おかげでいろいろ達観してしまった気がする。セックスは生殖行為であり、発情はただの生理現象にすぎない。しかるべき時期にしかるべき相手と子どもをつくるためにそうなっているだけのことだ。

今も基本的にその認識に変わりはない。

ただ、好きな人と結ばれるのはどんな感じだろう、と夢想するようにはなった。

あり得ないとわかっていても、もし白根沢先生に想いを受け入れてもらえたら——と想像するだけで幸せになれる。だからもう発情期だからといって適当な男と寝るのは止めた。

大学の正門が見えてきたあたりで雨がやみ、重厚な建物の上を雲がものすごい速さで流れて行くのが見えた。生ぬるく湿った風が春を感じさせる。もう三月だ。

卒業式を終えて、大学の構内は閑散としていた。教務課で許可証をもらい、立体芸術分野のフロアがある四階までエレベーターであがる。廊下の突きあたりにある観音開き《かんのんびら》きの重い扉を開くと、そこが白根沢のテリトリーである立体アート制作室だ。倉庫のような広いスペースには等間隔に作業台が並び、電気機器やパネルなどが散らばっていて、ほんのひと月前までは学生たちがグループや個人でさまざまな作品制作に取り組んでいた。今は誰もいない。

「——誰？」

制作室の奥にある白根沢の個室に向かおうとして、不意に声をかけられた。

驚いて声がしたほうを見ると、長身の男がキャビネットにもたれて、うろんげな目でこっちを見ていた。

「Tアーキテクトの朱羽です」

急いで名乗りながら、千里も素早く相手を観察した。一番多いときはほぼ毎週ここに足を運んでいて、白根沢の教え子とはだいたい面識ができていた。でもこの男は初めて見る。

黒いタイトなセーターに細身の黒いパンツというシンプル極まりない格好で、ウェーブのかかった髪はラフにかきあげただけのスタイルだった。ぜんぶが無造作なのにどこから見ても完璧にスタイリッシュなのは、彼がかなりの美形だからだ。しっかりした身体つきで、濃い睫毛と形のいい眉が甘い顔立ちを引き立てている。

「白根沢先生にお約束があって参りました」

内心で身構えながら、千里はとりあえずビジネススマイルを浮かべた。碧には「溶けかかったバニラアイスみたいな顔」と揶揄《やゆ》されるが、万人受けする笑顔は大事だ。

「教務課で、先生はこちらにいらっしゃると伺ったので…」

そこまで話して、千里はあ、と声をあげそうになった。

この人、アルファだ。

鼻腔《びこう》をくすぐる独特の匂いに、千里は内心ぎょっとした。男も同じことに気づいたらしく、どうでもよさそうにこっちを見ていた目にいきなり力がこもった。

こんなふうに特殊バース性の人間と不意打ちに出会ったのは初めてだ。千里は少なからず動揺した。

特殊バース性の情報は、罰則つきで厳しく管理されている。千里も人事管理部の上のほうには把握されているが、同僚や直属の上司には「免疫疾患《しっかん》の持病がある」ということになっていた。そもそも絶対数が少ないので、ほとんどの一般人にとって特殊バース性の人間は都市伝説のようなものだ。千里も幽霊を見たくらいに驚いたが、男もどう反応しようかと迷っているのがわかる。

「――失礼します」

千里はとっさに「気づかなかったこと」にした。男が何か反応する前に笑顔で会釈《えしゃく》し、白根沢の個室に向かった。

「先生、朱羽です」

まだ後ろからの視線を感じて落ち着かなかったが、気にしないようにしてとりあえずドアをノックした。

どうぞ、という白根沢の温かみのある声が聞こえ、とたんにふわっと気分があがった。

「失礼します」

応接室、と学生たちに呼ばれている個室は、白根沢自身の仕事場《アトリエ》だ。隅に小さなソファセットが置いてあり、そこでさまざまな面談もする。

初めてこの部屋に通されたときは、壁面のキャビネットいっぱいのコンピューターや周辺機器に驚いた。白根沢の専門は立体アート全般だが、近年は外部のエンジニアと共同でデジタルアートにも取り組んでいるらしい。キャビネットだけ見ていたら工学部の教授の部屋かと思ってしまいそうだ。

「こんにちは。少しお久しぶりですね」

白根沢は大きなモニターに向かって何か作業をしていたが、千里が入って行くと、すぐに人懐こい笑顔で立ちあがった。眼鏡の向こうの目が細くなって、千里はこっそり深呼吸してどきどきする心臓をなだめた。

白根沢は今年で四十六歳になる。若い頃に一度結婚していたが現在は独身で、古いマンションで猫と暮らしていると聞いた。ぼそぼそした話しかたやはにかんだ笑顔からの印象とは裏腹に、人と仕事をするのが好きで、持ち込まれる企画や依頼は積極的に受けている。穏やかな人柄だが、作品制作に関してはもちろん別で、会社のインハウスデザイナーはこの仕事で三キロやせました、と嘆息《たんそく》していた。しかしそのおかげで新型音楽ガジェットは最高にスタイリッシュに仕上がったし、デザイナーのポートフォリオには「白根沢実《みのる》監修作品」が加わった。減った体重のぶん、キャリアに箔《はく》がついたというわけだ。

「これ、たまたまお店の前を通りかかったものですから」

本当は昨日のうちに本店まで足を運んで求めた、白根沢の好きなショコラの箱を出すと、白根沢は「あ」と目を丸くして喜んだ。

「これは、ジンジャーの新作ショコラじゃないですか。いつ行っても売り切れてるから諦めていたんですよ。嬉しいな」

「そうなんですか？　喜んでいただけてよかったです」

オープン前から三十分並んだのは、もちろん内緒だ。

いつものように「ちょっと待っててくださいね」と白根沢はいそいそとミニキッチンで湯を沸かしはじめた。クリエイターは身の周りのものすべてに自分の美意識を反映するタイプと、逆に徹底的に構わないタイプに二分されがちだが、白根沢は完全に後者だった。いつもくしゃくしゃのシャツにくたびれたデニムを穿《は》いて、なんの特徴もない眼鏡をかけている。それがどうにも素敵に見えて、結果千里も「どうしたのそのダッサいスーツ」と親友に驚かれるようになった。

今日も白根沢先生は素敵だなあ、と千里はいつものように心の中でしみじみと白根沢を賛美した。

いつ白根沢を好きになったのか、今となってははっきりしない。

千里は日常的に抑制剤を服用しているので、一般人には千里のフェロモンは知覚できない。それでも微弱な匂いは洩《も》れているし、容姿のよさもあって、かなりの確率で初対面の男から「そういう意味」で興味を持たれた。慣れているし、自分の特殊なバックグラウンドのせいだとわかっているので、じろじろ観察されたり駆け引きめいた言葉をかけられても適当にかわして特になんとも思わない。

でも、もしかしたら男に欲望を持たれることに慣れ過ぎて、麻痺《まひ》していただけなのかも、と思うようになった。

白根沢は千里に対して、性的な興味を一切にじませなかった。

親しみやすい笑顔は礼儀正しく、さっぱりした態度はどこまでも清潔で、クリエイター系の男が千里に対してそんなふうに接してくれたのはほとんどそれが初めてだったので、千里は最初戸惑ったくらいだ。

枯れ気味の先生なのかな、と失礼なことを思っていたが、白根沢が誰に対しても等しく公平で丁寧な態度で接しているのを目の当《ま》たり《あ》にして、徐々に尊敬の念を抱くようになった。

彼の仕事にも興味が出てきて、千里は美術専科やクリエイターチャンネルなどの有料サイトに登録し、白根沢のインタビュー記事や展覧会のキュレーターレポートを読み漁った。素晴らしい才能にため息をついているうちに尊敬や憧れが結晶のように組み合わさって、気づくと恋の形になっていた。

一般人で、異性愛者で、一回り以上も年上。

好きになっても報われないのは重々承知で、でも初めての恋は千里の気持ちを激しく揺さぶった。

何気ない会話を何度も反芻《はんすう》し、仕事のどさくさにまぎれて一緒に撮った白根沢との写真は、ぜったいに失くさないようにとコピーと保護を何回も繰り返した。

好きな人がいるというだけで、ほんとうに日常は一変した。ささいなことでアップダウンする気持ちに振り回され、でも彼を知らないころに戻りたいとはぜったいに思わない。白根沢先生が好きな自分が、好きだ。

「それにしても春休みは静かですね」

「そうですね、卒業制作が終わったらがらんとして、毎年この時期はすこしさみしいです」

白根沢の声がしんみりした。

「そういえば、さっきそこに見かけない学生さんが一人でいらっしゃいましたよ」

迷ったが、千里は思い切ってさっきの男について触れてみた。

「ああ、黒江《くろえ》君ですね」

白根沢はこともなげに答えた。

「留学して、そのまま向こうで仕事をしてたんですが、先月こっちに戻ってきたんですよ。面白いものをつくる人でね、彼はきっと将来、アジアを代表するようなクリエイターになりますよ」

「クリエイター、ですか？」

アートクリエイターのアルファがいるのか？　と千里はかなり戸惑った。そんな話は聞いたことがない。アルファは天才揃いだが、それは起業や研究分野の話で、芸術には親和性がないはずだ。てっきり何かの用事があってたまたまそこにいただけだと思っていた。

「ここの学生さんではないんですか？」

「卒業生ですよ。一応僕の教え子ということになってるので、帰国すると顔を見せに来てくれるんです。今回は彼のスポンサーが別荘を建てるのに壁面装飾の依頼をしたみたいですね」

何かの間違いじゃないかと疑ったが、本当に黒江はクリエイターとして仕事をしているらしい。

「先生」

まるで話を聞いていたかのようなタイミングでドアがノックされ、さっきの男が顔を出した。返事も待たずにドアを開ける無礼さに呆《あき》れたが、白根沢は慣れている様子で特に驚いてもいない。濃いアルファの匂いがして、千里は緊張した。

「ちょっとパソコン借りてもいい？」

ソファに座っている千里にちらっと視線を向けてきたので、小さく会釈だけ返した。

「かまいませんよ。そっちのをどうぞ」

「パスワードは？　変えてない？」

誰に対しても丁寧な言葉使いをする白根沢とは対照的に、黒江の態度はぞんざいで、白根沢はまったく気にしていないようだが、千里のほうが先生に対して失礼じゃないか、と内心むっとした。

「前と同じですよ。このコーヒー、黒江君がこの前持って来てくれた豆です。やっぱりぜんぜん違いますね」

白根沢が保存用のアルミパックをかざした。黒江がちらっと見て「気に入ったんだったらまた持ってくるよ」と答えた。目上の人に対するいいかたとしてどうなのか、というのは置いておいて、声の調子には明らかな親愛がある。千里は少し意外に思った。

「どうぞ」

「すみません、いただきます」

しばらくして、白根沢がコーヒーを運んできてくれた。一口含むと、確かに香りが高く、口当たりもまろやかだ。

「黒江君はコーヒー豆の焙煎《ばいせん》が趣味なんですよ」

へえ、と感心して思わず黒江のほうを見ると、黒江も千里のほうにちらりと視線をよこした。

「美味しいです」

「どうも」

基本的に傍若無人《ぼうじゃくぶじん》だが、彼がアルファだということを勘案《かんあん》すればごく普通の態度ともいえる。黒江は何か考えるように千里を見つめた。彼にしてもこんなところで特殊バース性の人間に出会ったことに驚いているのだろう。気づかなかったことにしましょう、と改めて千里はアイコンタクトを送った。彼はわずかに顎《あご》を引き、そのまま足を大きく組んでモニターに向かった。

「こちらが先日データでお送りしたパンフレットの現物です」

千里もビジネスバッグから新商品の案内冊子を取り出した。データだけでいいですよ、といわれたのにせっかくなので現物をお渡しします、とわざわざ手渡しに来たのは、もちろん白根沢に会いたかったからだ。

「ああ、こんなふうになったんですね」

白根沢は興味深そうにパンフレットを手に取った。

「現物も素晴らしい出来でしたね。シンプルなのに手になじんで、操作性が抜群でした」

「先生のおかげです。うちのデザイン室の者も改めて先生にお礼とご挨拶《あいさつ》がしたいと申しておりました」

来週、プレス発表のイベントが終了すれば今回の仕事は一区切りだが、作品展や講演会に足を運べばこの先もいくらでも白根沢には会える。好きになった人が「ファンなんです」といっても不自然ではない仕事をしていたことに、千里は心から感謝していた。それに白根沢の作品に惹かれているのも本当だ。

白根沢と話をしている間、黒江は少し離れた場所でキーボードを打っていた。打鍵《だけん》の音がなめらかで、ディスプレイにはびっしりとコードが並んでいる。何をしているのかはさっぱりわからないが、アルファ特有の匂いが嗅覚を刺激して、千里はだんだん息苦しくなってきた。狭い室内で、彼の匂いが濃くなっていく。発情期まではまだだいぶあるし、体調管理はきちんとしているが、万が一ということもある。

「それでは私はそろそろ失礼します」

本当はもう少し白根沢のそばにいたかったが、彼の時間をこれ以上奪うのにも気が引けて、千里は腰をあげた。

「来週のプレス発表の詳しいご案内は、別途お知らせさせていただきますので」

「わかりました。楽しみにしていますね」

黒江が肩越しにこっちを向いた。千里は彼のほうにも失礼します、と会釈して部屋を出た。

「ふう」

黒江の匂いから解放されて、千里は思わず深呼吸をした。千里がアルファと接するのはクラブの中でだけで、いつもはアルコールと音楽と暗がりがセットになっている。こんなふうに日常の中に突然現れると、改めてアルファは凄いなと思わざるを得なかった。存在そのものが強烈だ。

――でも白根沢先生にはかなわない。

ショコラをつまんで喜んでいた優しい目じりの皺を思い返すと、また胸の奥が温かくなった。

教務課で許可証を返却し、時間を確認すると、次の約束まで少しあった。

教務課の前のロビーも春休みで閑散としており、千里はふと思いついてベンチシートに腰をおろし、モバイル端末でクロエという名前を検索してみた。大学名と組み合わせ、適当なワードも入れると、これかな、という記事がいくつかヒットした。黒江瞭《りょう》というのがフルネームらしいとわかり、再度検索する。すぐにアートクリエイター名鑑に白根沢実の系譜で出てきた。間違いないな、と顔写真で確認する。

黒江瞭は千里と同じ年で、今年三十歳だった。大掛かりなインスタレーションやデジタルアートでの受賞歴がずらりと並び、アジアの有名ホテルのメインロビー装飾が代表作として紹介されている。

アルファがアートの分野で活躍することもあるんだな、と千里は改めて驚いた。

「よう」

ふいに声をかけられて、千里はぎくりとモバイルを操作していた手を止めた。誰かが前に立っている。検索に集中していて気づかなかったが、漂う匂いで顔をあげなくても目の前にいる男が誰なのかわかった。

「朱羽千里」

白根沢から聞いたのだろうが、確かめるようにいきなりフルネームを呼ばれて、千里はゆっくり顔をあげた。

「なんでしょう」

気づかなかったことにしましょう、というサインを送ったつもりですが、というのを滲ませてにっこりすると、黒江は声を落とした。

「なあ、今からどっか行かないか。どうしても無理だったら、夜でも」

「は？」

いったい何をいい出すんだ、と千里は驚いた。アルファがオメガを軽く見ていることは知っているが、まさかこんなところで誘いをかけてくるとは思わなかった。クラブで強引なふるまいをするアルファには慣れているし、それに乗ることも多いが、ここはクラブではないし、今は発情期でもない。ずっと薄い反応しかしなかったくせに、いきなり誘いをかけてきたことにも腹が立った。

「せっかくですが、今からまだ仕事がありますので」

とはいえ、こんなことくらいでいちいち摩擦《まさつ》を起こすほど未熟でもない。千里は当たり障《さわ》りのない笑顔を浮かべて立ちあがった。

「またの機会にさせてください」

「じゃあ、夜は」

「夜も予定がありますので、申し訳ありません」

あくまでも穏やかに断りを入れ、「失礼します」とお辞儀をしてコンコースを出ようとすると、黒江がついてくる。さりげなく足を速めたが、追いつかれた。

「なあ、ちょっと待てよ」

正門を出ると、うしろをついてきていた黒江が横に並んだ。

「なんで無視すんだよ」

こんなにしつこくされるとは思っておらず、千里は内心困惑した。基本的にオメガは穏やかで、争いを避けたがる傾向がある。千里は決して気弱なほうではないが、やはり仕事先でやり合うのは避けたかった。

「急いでいますので、本当にすみません」

ちょうど向こうから来たタクシーに、助かった、と千里は急いで手をあげた。

「おい、ちょっと待てって！」

乱暴に腕をつかまれ、さすがに千里はむっとした。

「そういうのはクラブでやってください」

手を振り払うと、黒江が驚いたように目を見開いた。千里は幅寄せしてきたタクシーに乗り込んだ。

「出してください」

運転手に行先を告げて窓から見ると、舗道《ほどう》に黒江が唖然《あぜん》とした表情で突っ立っていた。

わざとらしく澄ました顔を作って窓越しに会釈して見せると、黒江はぐっと眉間にしわを寄せた。

オメガがいつもアルファのいいなりになると思ったら大間違いだ。

心の中で呟くと胸がすっとして、千里はシートに背中を預けて一人で笑った。

2

特殊バース性専用社交施設は、俗に「クラブ」と呼ばれている。

もともとは自分の属性を伏せて生活している特殊バース性の人間のために、気を遣わずに過ごせる場所を提供したい、という有志の出資で作られたものだ。紆余曲折《うよきょくせつ》があって、現在はバースセンターの指導のもと民間会社が管理運営を行っている。食事と音楽が提供され、時折貸し切りでイベントも行われる。

そしてどこのクラブにも「ルーム」と呼ばれる個室が備えられていた。

おおっぴらにはされていないが、伴侶《はんりょ》のいないオメガとアルファが合意で互いの性欲を解消するのはよくあることだ。クラブは都市圏にしかないが、バースセンターがメンタルケアのために運営している匿名の交流サイトでも、相手探しは黙認されている。

その日は碧に「久しぶりにクラブ行かない？」と誘われ、千里は会社帰りに足を向けていた。

駅からかなりあるので、たいていはタクシーで乗りつける。建物自体は普通のレストランやシックなライブハウスと変わらないが、敷地が広く、植栽が深い。車から降りるとぽつぽつとスポット照明が足元を照らすアプローチを通り、エントランスに入った。

「いらっしゃいませ」

常駐しているバトラーと呼ばれる黒服のロボットが近寄って来た。三十代くらいの男性を模したロボットは、リニューアルのたびに人間らしくなっていく。

「お名前をどうぞ」

「朱羽千里」

音声照合がうまくいくようにはっきり告げると、「ようこそアカバネさま」とバトラーがドアを開錠した。

今日は金曜だ。

「いらっしゃいませ」

エントラスから中に入ると、音楽がさざ波のように聞こえ、今度はサーヴァントと呼ばれるロボットが近寄ってくる。

「アカバネセンリさまですね。予約番号をどうぞ」

サーヴァントは中性的な容貌で、バトラーより複雑な処理をするため、話しかけるときは胸元にあるマイクを使う。上着や荷物を預け、代わりにこの建物内での決済やさまざまなサービスを受けるためのラバータグを受け取った。この施設の性質上、オメガのタグは身の安全を守るためのものでもある。強引なアルファに意にそわない行為を強制されそうになった場合、ラバーを外すと自動的に緊急コールがかかる仕組みだ。

「お連れさまがお待ちです。こちらにどうぞ」

フロアにはテーブル席がゆったりと並んでいる。スタンドテーブルで飲んでいるアルファたちの視線が一斉に集まってきた。初めて碧と一緒にクラブに来たときは、そのあからさまな誘いの視線にたじろぎ、顔をあげるもの怖かった。碧は「あたしのことは無視で千里ばっかり見るんだもん、ムカつく」とむくれていたが、男性オメガは希少種なので一度は試してみたい、というだけのことだ。今では千里もすっかり慣れて、サーヴァントに誘導されながら、ちらっと見ただけでスルーした。

「あちらのお席です」

「ありがとう」

碧は二段目のテラス席でロングカクテルを飲んでいた。

「久しぶり、千里」

「遅くなってごめん」

SNSでつながっていてしょっちゅうやりとりしているが、碧と会うのはひと月ぶりだ。碧は女性オメガで、十代の初めにバースセンターで偶然知り合い、それからずっと仲良くしている。

「おー、今日もまた素敵にダッサいねえ」

「お褒めの言葉ありがとう」

スーツの上着まで預けてしまい、ネクタイを緩めた千里の格好を見て、碧が楽しそうに笑った。アパレルでマーチャンダイザーをしている碧のほうは身体のラインを優雅に演出するタイトスーツで、メイクもヘアも完璧だった。

「碧はハニートラップ仕掛けるマフィアの女みたい」

「お褒めの言葉ありがとう」

碧がすましてて千里の言葉をなぞり、わざとらしくカクテルグラスに口をつけた。

「まさに今日はそんな気満々ですので」

「発情期？」

「そ。もーめちゃくちゃやる気よ」

碧が肉食獣の目で周囲を見回す。そして声を落とした。

「でもそういう日に限っていい人がいないのよねー…」

碧の好みは線の細い美男で、ファッションセンスのいい男でないと盛り上がらない、というのが口癖だ。どうせすぐに脱ぐのに、とからかうと、脱ぐからこそじゃないの、とあしらわれた。大人しく受け身な女性が多いオメガの中で、碧ははっきり自分を主張するタイプだ。

「でもまあ、今日のところはそこそこで手を打たないとね」

抑制剤を服用していても、発情期は発情期で、適当に発散しないと熱がこもって体調が悪くなる。以前は千里も適当に発散していた。でも白根沢を好きになってから、他の男には触れられたくないと思うようになってしまった。碧には「そんなものなの？　大変だねえ」と揶揄交じりに同情されているが、千里はその自分の心境の変化がむしろ嬉しかった。白根沢のことを吹っ切れても、もう誰でもいいや、で「ルーム」に行くことはしないんじゃないかと思う。

セックスは好きな人とだけする。

一般人には当たり前のことだ。

特殊な属性の人間と一般人の常識は違うし、今でも碧の言動は理解できる。でも白根沢を好きになって得た新しい価値観を、千里は大事にしたいと思っていた。

「そういえば千里の会社で男性オメガ公表した人いるのね。この前クラブでも話題になってた」

オーダーした皿とウイスキーソーダが運ばれてきて、碧がパスタやサラダをシェアしながら思い出したようにいった。

自分の属性を表に出すアルファはそれなりにいるが、オメガは属性を明らかにしてもデメリットしかないので、今まではよほどのことがない限り公表する者はいなかった。しかし最近になってオープンにして生きることを選択する者も少しずつではあるが現れている。属性を隠すために使うエネルギーを別のことに使いたい、というのが彼らの主張だ。

「小野《おの》さんのこと？」

「うん、そんな名前だった」

小野春間《はるま》は別のグループ会社の所属だが、出産を機に公表を決めたとかで、自分と同じ希少種がそんな身近にいたのか、と千里も少なからず驚いた。

ずいぶん前、世界的に有名なスーパーモデルが男性オメガであることを公表したときはニュースになり、しばらくメディアが大騒ぎしていた。が、今回は本人が会社員だったこともあり、あまり大々的には扱われなかった。それでも社内ではけっこうな騒ぎになったし、クラブ内でも話題になっていたようだ。

「面識ある人？」

「いや、別会社の人だからぜんぜん知らない。でもかなり優秀な人みたい」

ソフト開発のチームリーダーで、相手のアルファは高校の同級生だとも聞いた。そんな偶然が本当にあるのか半信半疑だったが、出会った瞬間お互いに「伴侶」だとわかった、と社内報のインタビューで答えていた。

「運命の伴侶って本当にいるものなのねえ」

碧もそこに一番関心がある様子だ。

成婚を希望する場合、オメガもアルファもバースセンターにマッチングを申し込むのが一般的だ。データベースから遺伝子情報やホルモンの種類など、さまざまな要素を算出し、八十パーセント以上の適合率の相手が見つかると双方に通知が出される。この超合理的なお見合いシステムの成婚率は驚異的な高さで、さらに成婚後の破綻も少なかった。

コンピューターに人生の伴走者を決めてもらうのか、と考えると味気ない気もするが、人間の一時の感情よりも数字のほうが冷静な判断をするのは当然のことで、マッチングで適合した相手と成婚するのが一番いいんだろうな、と千里も思っている。

ただ、適合率八十パーセント以上の相手というのはそう簡単には見つからないようで、マッチングを申し込んでも数年待ちはざらだと聞いた。さらに適合率が九十パーセントを超えるのはほぼ奇跡で、その場合は出会った瞬間当事者にはそれがわかるのだという。

もしあのインタビューが本当なら、小野と相手のアルファの関係もそれに当たるのだろう。

「出会った瞬間自分の伴侶だってわかったってちょっと憧れちゃうなあ。マッチングを申し込んで、ある日バースセンターから通知がきました、ってつまんなくない？」

「もしかして、碧もそろそろ相手見つけたくなった？」

碧が肩をすくめた。

「あたしじゃなくて、親ですね」

「ああ、親なー」

「まあ産むつもりがあるなら確かにそろそろ申し込まないとね」

生殖技術が進歩しているので四十を過ぎての出産も珍しくなくなったが、産むつもりなら少しでも若いほうがいい、というのは世の道理だ。

「そういえば、千里もこの前偶然どっかのアルファに出くわしたとかっていってたよね？」

「そうそう。あれも驚いた」

黒江のことは、その日のうちに碧に話していた。

「偶然出会うとか、ロマンチック。運命の人かもよ？」

からかうようにいわれて、ないない、と苦笑した。

「白根沢先生にぞんざいな態度とる男なんか、発情期に抑制剤切らしてても絶対むり…」

そこまでいって、千里はもう少しでパスタを喉に詰まらせそうになった。

「何？　どしたの？」

「いる」

「は？　誰が」

「あの男」

黒江だ。

黒江がいる。

「今話してたアルファだ」

奥のほうからやってくる男は間違いなく黒江だった。今日は裾の長いグレイのシャツを上着がわりに羽織《はお》り、足にぴったり貼りつく細身のパンツを穿いている。髪は今日もラフにかきあげただけのスタイルだ。

「え、千里がいってたの、あの人だったの？」

碧がびっくりしたように長い睫毛を瞬《まばた》かせた。

「碧、知ってんの？」

口振りから知り合いだったのかと思いかけたが、碧は違う違う、と首を振った。

「そうか、千里は最近ここに来てなかったもんね。あの人、ひと月前くらいからここに顔出すようになって、目立つオメガ食いまくってんの。ちょっとした有名人だよ」

「もしかして、碧も？」

『目立つオメガ』の筆頭は碧だ。思わず訊いたが、碧はまさか、というように苦笑いをした。

「オメガのほうが群がっちゃって、あたしは見てただけ。まあちょっといいなと思わなくもないけど」

「いいなと思ったんだ？　偉そうで、なんか感じ悪かったけどな？」

「まあアルファは偉そうなのが専売特許だからねー」

黒江は知り合いでも見つけたのか、一階のほうに下りて行った。すうっと周囲の視線が黒江について行き、碧も無意識のようにその背中を見送っている。千里には感じ取れないなにがしかの力が働いているようだった。

「そんなにいいかなぁ」

「千里は先生に夢中だからわかんないのかもね。なんかこう、見てるとむずむずしてくるよ。近寄ったら匂いもすごそう」

「まあ、匂いは確かにすごかったな」

本能に訴えかける類《たぐい》の、強烈に甘い匂いだった。

「それより、あの人碧のタイプじゃない？」

ふと熱心にこっちを見つめている男の視線に気がついた。目で示すと、碧は小さく肩をすくめた。

「だめ、あの人はこの前寝たばっかり」

情が移るかもしれないから同じ相手とは続けて寝ない、というポリシーのオメガは多い。碧もそうだし、以前は千里もそうだった。本気の恋愛を忌避《きひ》する本能は、たぶん発情に関係している。身体の欲求をコントロールできない絶望は、どのオメガも抱えている感覚だ。だからこそ気持ちは常に自分のものにしておきたい。恋に溺れるのは怖い。

千里が白根沢に惹かれた理由の一つは、確実に彼が一般人だということにもある。発情期にオメガの性腺から洩れる匂いは一般人にも無意識レベルで作用するが、オメガ自身は彼らに支配されることはない。だから白根沢に対する好意を素直に育てることができたのだと思う。

「千里は次の発情期、まだなの？」

「そろそろかな。このごろぜんぜんセックスしてないから、今度の休薬のときやばそうなんだけど」

「発散しないとつらいでしょ」

「まーでも今はいいや。自分でなんとかします」

「あの素朴な先生で妄想すんの？　うわー千里の妄想の餌食《えじき》になるなんて、先生可哀想……」

「先生でそんなことしませんよ」

「嘘だ」

「ほんとほんと」

思春期からのつき合いということもあって、碧とはかなり赤裸々《せきらら》な話もする。ひそひそ笑い合っている間にも、千里に向かって視線を送ったり、碧の気を引こうとする男が次々に近寄ってきた。千里は誘いに乗るつもりがないし、碧は男の好みがうるさい。スルーしていると、やっと碧の好きそうな男が来た。ストライプのジレにダメージジーンズを合わせたミックススタイルも、線の細い神経質そうな容貌も碧の好みだ。向こうもかなり碧を気に入った様子でしきりにアイコンタクトをとろうとしている。

「さーそんじゃそろそろ帰ろうかな」

碧がまんざらでもない顔になったので、千里は腰をあげた。

「またな、碧」

「ん、またね」

背中で「少し話していい？」と碧に向かって話しかける男の声を聞きながら、千里はテラス席から外に出た。

「お帰りですか？」

サーヴァントが滑るように近寄ってきて、千里は腕に巻いていたラバータグを外した。

「お気をつけて」

精算を済ませて上着を受け取り外に出ると、春先の夜風が思いがけず暖かかった。駅まで歩くのもいいかな、とバトラーに配車は頼まず、「おやすみ」と挨拶だけしてアプローチのほうに向かった。

「ん？」

習慣的にポケットのモバイルを手に取って、千里は足を止めた。これは碧のモバイルだ。

そういえば碧は新しいモバイルケースに変えていて、俺のと同じ色になったんだな、とちらっと思ったのも思い出した。さっきテーブルの上にあるのをよく確かめずに手に取ってしまったらしい。

急いで引き返し、エントランスに入るまではよかったが、ちょうど客の出入りが重なって、二体いるサーヴァントはどちらも接客中だった。会話の内容からどちらも時間がかかりそうだ。碧にここまで出て来てもらえないかと思案したが、碧のモバイルは厳重にロックがかかっていてどうにもならない。

しょうがない、とサーヴァントが接客を終えるのを待っていて、千里はふっと自分の脈が速くなっているのに気がついた。あれ、とエントランスのドアに映り込んでいる自分の顔を見た。目が潤み、頬が紅潮している。発情の予兆だ。

まさか、まだ少し先のはずなのに、と慌てたが、その間にも体温が急上昇していくのがわかった。

周期が狂うことはままあるが、千里は昔から比較的安定しているので油断していた。もしかすると黒江に偶然会ったことが関係しているのかもしれない、と今さら思い当たった。心構えしていないと影響が強いし、黒江は特別フェロモンが濃い。

「あ」

急いで抑制剤のパッチを出そうとして、どきっとした。不意の発情に備えて持ち歩いている即効性の薬剤パッチはモバイルケースに入れていた。いつもなら万が一に備えて二か所に分散して携帯しているのに、今日に限って財布に入れているほうは補充しようと思ってそのままだった。つまり、手持ちがない。

まずい、と急いで手首に触れ、ラバータグを返却してしまったことにも気が付いた。クラブには医師が常駐しているが、タグがないと取り次いでもらえない。サーヴァントはどちらも客を案内して中に入ってしまっている。何もかもタイミングが悪く、動揺するとそれがまた体調に影響する。

落ち着け、と深呼吸したが、どっどっ、と心臓の鼓動が激しくなっていくのは止められなかった。じわっと汗がにじみ、嫌な眩暈《めまい》がする。いつもより身体の変化が速い。

公共の場所でいきなり発情してしまうのをどのオメガも一番恐れる。普段ならこんなことはぜったいにないのに、あまりに全部の間が悪かった。

それでもクラブで起こったのならまだマシだ。醜態《しゅうたい》をさらしてしまうだろうが、自分も周囲も被害は最小限ですむ。

半ば観念してやってくる身体の変化を待ち構えながら、誰か来ないかと出入り口を注視していると、ふらっと男がひとり現れた。千里は息を呑んだ。黒江だ。

「――あれ」

よりによって、と千里はとっさにどこかに隠れようとしたが、黒江は目ざとく千里に気づいた。

「偶然だな」

妙に馴れ馴れしい笑顔を浮かべて近寄ってくる。

「――」

熱帯の果物のような匂いに、身体中の血管が激しく脈動するのがわかった。絶望しながら千里は後ずさった。

「どうかしたのか」

「んでも、な…」

発情がくる。ごまかせない。目の前が白く光って、視界がぶれた。

「おい、大丈夫か？　すごい汗――」

黒江の声が鼓膜を震わせる。それを合図のように身体が開いていくのがわかった。

「突発発情《ヒート》か？」

黒江が目を見開いた。

面白がってるような物いいをしてくるだろうと覚悟していたのに、がくがく足を震わせている千里に、黒江は慌てたように手を差し伸べた。

「なんで誰もいねえんだ」

千里を支えながら周囲を見回して、黒江が舌うちした。

「抑制剤は？」

「ない」

「なんでだよ」

返事するのも困難で、千里は首を振った。支えてくれている手から、身体中の感覚器官が快楽を享受しようとしている。

「ああ、くそ…」

黒江が痛みをこらえるように顔をしかめた。発情しているオメガの匂いはアルファに強く作用する。

「む、向こう、に…」

行って下さい、といいたかったがうまくしゃべれなかった。それにもう手遅れだと千里もわかっていた。黒江を巻き込んでしまった。

「だめだ」

唸《うな》るようにいって、黒江はいきなり千里を横抱きにした。

骨が溶けそうだ。身体の芯が熱い。黒江は大股で個室の並ぶ廊下のほうに向かった。腕のラバータグをタッチさせて、いくつもあるドアを開錠していく。

嫌だ、と思うのに気が遠くなるような匂いに抵抗できず、千里は運ばれるままになった。自分の匂いと彼の匂いが濃密に混ざり合っている。

抱かれたい。身体の熱をどうにかしたい。

「脱げ」

空《あ》き部屋に入るなり、黒江はベッドに千里を放り投げた。軽く息を乱しているのは、千里を運んできたせいだけではない。

千里は首を振った。身体は激しく欲情しているが、気持ちは拒否している。好きな人がいる。その人としかしたくない。

「脱げよ」

個室を使用するためのパネル操作をしながら、黒江は苛立《いらだ》ったようにもう一度命令した。こういうときのアルファの声には逆らえない。何より身体の欲求が限界だった。

これはただのセックスだ、と割り切って、千里はシャツのボタンを外してアンダーシャツと一緒に脱いだ。

「男のオメガとやるのは初めてだ。確かにすげえいい匂いすんだな…」

女性アルファと男性オメガは、ほぼ全員が同性愛者で、そして発情すると強力な誘因物質を分泌する。相手を問答無用で誘惑する力が桁違いらしい。

「くそ、なんだこれ…」

圧迫された股間が痛い。スラックスも下着ごと下ろすと、自分でもぎょっとするような濃密な匂いが立ちのぼり、黒江がたじろいだ。

「やばいな」

黒江が焦ったようにセーターを脱ぎ、ボトムスを蹴るようにして脱いだ。文字通り飛びかかられて、千里は仰向けに倒れた。スプリングが弾み、その揺れにすら感じる。

「キスとか飛ばして」

顔を近づけてきた黒江に、千里は首を振って拒んだ。

「なんだよそれ」

「体位は？　バックで？」

アルファはベッドでぜったいに主導権を譲らない。行為の手順も、体位も、決めるのは必ず彼らだ。

「さっさと終わらせろってか？」

黒江が目を眇《すが》めるようにして見下ろしてきた。征服欲が強くて強引で、そしてプライドの高いアルファの目つきに、ぞくっと背中に戦慄《せんりつ》が走った。自分の中にある、征服されることに悦びを感じる部分が刺激される。オメガのスイッチだ。

「やってほしくて死にそうになってんのはそっちだろ?」

小馬鹿にするような口ぶりにわずかな反発心が湧いたが、すぐ湧きあがってくる激しい欲求に押しつぶされた。

「足開けよ」

命令しながら、黒江は唇を舐めた。こうなったら、もうどうしようもない。

抵抗する気もなく、千里はいわれるまま立てた膝を左右に開いた。

「ここ濡れてくるって本当だったんだな。すげえ…まじで性器だな…」

観察され、指で奥を探られて、千里は横を向いた。

「顔見せてろよ」

すかさず顎をとって正面を向かされる。

「――ん、ぅ……」

黒江の指がリズミカルに出入りし、どうしても甘い声が出てしまう。

「やべえな、…エロすぎるだろ」

黒江が興奮した声で呟いた。

弄られて、だらだら精液を溢れさせるのを見ると、たいていのアルファが激しく興奮する。黒江も千里が指を入れられて精液をこぼすのを見て息を荒げた。そしてその興奮に千里も引きずられる。指が奥に入り込み、思わず黒江の首にすがった。

「――あ、あ…ん、…」

熱い呼吸が唇にかかり、口いっぱいに舌が入ってくる。頭のねじが外れたように理性が遠のき、千里は男の首を抱いてキスに応じた。今の今、自分の渇きを鎮《しず》めてくれるのはこの男しかいない。

「……はぁっ、は…っ、…あ、……ん、ん…ぅ…」

唇が首筋から鎖骨に下りていき、濡れた舌が乳首を潰した。甘い感覚に、全身が蜜《みつ》に浸かった。

「あ、いい、気持ちい……い…」

汗で濡れた髪が肌を撫《な》でる。舌と指と手のひらが、身体中の性感帯を刺激した。

「たまんねえな…」

黒江が熱っぽく囁《ささや》き、またキスしてきた。口を開いて舌を受け入れ、吸い返した。

「――ふ、……っ」

息が苦しくなって口を離すと、今度こそ容赦なく身体中を攻撃された。どこを噛まれても、どこを吸われても快感しかない。熱がどんどん膨れあがっていって、千里は今自分がどこでどうなっているのかすらわからなくなった。

もっと触られたい、好きにされたい、ぐちゃぐちゃにされて揺さぶられて貫かれて精を注ぎ込まれたい……自分が何を口走っているのかも曖昧《あいまい》で、千里は命令されるまま、卑猥《ひわい》な言葉で欲求を訴えた。

「…、早く、入れて、お願い……」

これ以上焦《じ》らされたらどうにかなりそうだ。

「ゴムして」

朦朧《もうろう》としながらも、それだけは忘れずに頼んだ。年に一度のバース検査のたびに避妊チップを入れているが、性感染症予防とあと処理のために必ずコンドームを使ってもらう。

「――っ、はあ…っ、は…」

深々と性器を埋め込まれ、千里はもっと深く犯してもらうために腰を浮かせた。黒江がさらに強く突き込んでくる。あまりの快感に、男の肩に必死で縋った。

「いい…すごい…、ああ…っ」

逞《たくま》しいもので、奥までいっぱいに満たされる。

「俺も、いいよ」

黒江の掠《かす》れた声がした。

「すげえ、いい」

粘膜が擦れ合い、ダイレクトに感じるところが刺激される。

「あ、ああ……っん、…」

男の腰を挟んで足をクロスさると、黒江がゆっくり律動を始めた。

「――っ、あ…あ、いく…っ」

敏感になっている粘膜は、ほんの数回の突きあげで、ひくりと痙攣《けいれん》した。

「いくって、さっきからずっといきっぱなしだろ」

黒江がずっとだらだら射精し続けているペニスを握った。その刺激でまた精液が洩れる。

「――は、あ…っ、ん…」

「すげーエロい、癖になりそう」

低く笑われ、その声にも感じる。アルファ特有の艶《つや》がにじんで、セックスのとき、この声で嬲られると興奮する。

「あんたの顔見てたいけど、バックではめたいな…」

征服欲が満たされるからか、後背位を好むアルファは多い。

「――あっ」

逞しいもので突かれる快感に夢中になっていた千里は、唐突に中断されて泣き声をあげた。

「うしろだ」

意地も何もなく、そうしろといわれるままにうつ伏せて腰を高くあげた。早くほしいとしか考えられない。

「手をついて」

「――…っ」

腰だけあげて受け入れると、完全に屈服させられたようで、そのことにも感じる。

「ああっ、あっ…」

シーツが声を吸い取る。揺さぶられるたびにじんじんと感じて、千里は遠慮なく声をあげ、夢中で腰を振った。

「ああ、あっ、あ…っ……」

徐々にスピードが速くなり、ついていけなくなった。

「まだだ」

しっかり受け止めろ、と乱暴に腰をつかまれ、さらに激しく犯された。

「ああっ」

ここまでくると、痛みでさえ興奮と快感につながってしまう。

「もう、――」

ぐっと抉るように突き込まれ、目の前が白く光った。

そこで意識が途切れた。


ふっと目を覚ますと、思いがけず心配そうな顔をした黒江が顔をのぞきこんでいた。

「――大丈夫か」

千里が目覚めたのを確認して、黒江はほっとしたように身体を引いた。黒江の額が汗で濡れている。まだ息が軽く弾んでいて、気を失っていたのはほんの少しの間のようだった。

身体中がじんじんして、腰がだるい。この数ヵ月誰とも寝ていなかったから、セックスのときにしか使わない筋肉を酷使《こくし》して、きっと明日はひどい筋肉痛だ。

「常駐医呼ぶか？」

訊かれて、身体が完全に鎮《しず》まっているのを確認した。

「大丈夫です。すみません」

「けど、血が…」

「このくらい、慣れてるので」

声は掠れているが、身体は軽い。

好きでもない男とセックスして、それで満たされてしまう自分の身体に、千里は今さらながらうんざりした。しかももし白根沢と寝ることができたとしても、千里はここまで満足できない。オメガの発情を受け止められるのはアルファだけだ。

起きあがって改めて見ると、内腿《うちもも》にはまだ乾いていない血がこびりついていた。

「悪かったな。男のオメガは初めてで、加減がわからなかった」

黒江が気まずそうにいって、ティッシュケースを取ってくれた。脇腹や胸のあたりには精液が飛び散っている。

「シャワー、先に使えよ」

勧められるまま先に身体を流し、身づくろいをしていると、あとから浴室を使った黒江がバスタオルを腰に巻いただけの格好で出てきた。なめらかな肌や適度に筋肉のついた身体を目にして、やっぱりきれいな男だな、となんの感慨もなく思った。

「この部屋の使用料なんですけど、ラバータグを返却してしまってるんで私は精算ができないんです。現金あまり持ち歩かないので、あとから送金します。あなたのフォーンＩＤナンバーとセキュリティ・クエスチョン教えてもらえますか」

「いいよ、部屋代くらい」

黒江が眉をひそめた。

「いえ、そんなわけにはいきません」

「一緒に楽しんだだろ」

以前なら「一緒に楽しんだ」に異論などなかったはずだ。黒江は確かにたっぷりの快感を与えてくれた。でも今は「楽しんだ」とは思えない。身体は求めていても、気持ちの上では嫌だった。くすぐられて無理やり笑わされたのに似ている。もちろん黒江のせいではないとわかっているし、むしろこの前あんなふうに彼をシャットアウトしたことを思えば感謝しなくてはならないくらいだ。アルファはプライドが高い。黒江がそうしようと思えば、複数人の前で発情している姿をさらさせて恥をかかせることもできたのだ。

「この前は失礼な態度をとったのに巻き込んでしまったんですから、支払いくらい私にさせてください」

これ以上この男に借りを作りたくない、という本音を隠して微笑むと、黒江はああ、と何かを思い出したように口の端で笑った。

「あのな。なんか誤解させたみたいだったけど、この前あんたを引き留めたのは、別にこういうことしようとかじゃなくて、頼みたいことがあったからなんだよ」

黒江が思いがけないことをいい出した。

「頼みたいこと？」

「うん。俺がアルファだってこと白根沢先生にばらさないでくれって頼もうとして追いかけた」

想像もしていなかったことをいわれて、千里はぽかんとした。

「先生はそういうのに偏見持つ人じゃないってわかってるけど、やっぱりアルファがアートやってるって違和感あるだろ？　だから口止めしようと思って」

「そんなこと、いうわけないじゃないですか…」

一般人に属性を伏せるのは、特殊バース性の人間にとって息をするのと同じくらい当たり前のことだ。自分で明らかにするならともかく、他人の属性を勝手に口にするなど考えたこともなかった。

「私だって自分の属性は伏せてますし、口外して困るのはむしろ私のほうでしょう」

「そうなんだけど、あんなとこでいきなりオメガに会ったからびびったんだよ」

黒江がいいにくそうに打ち明け、その率直な発言に千里はさらに驚いた。

びびった？　偉そうに薄笑いを浮かべているイメージしかないアルファが？

「でもなんか、あんたに迫ったみたいに誤解されたみたいでさ」

自分の勘違いだったとわかり、千里は恥ずかしさと申し訳なさで首をすくめた。

「そ、それはすみませんでした。でも、夜でもいいとかいうから、てっきりそういうことかと…」

「まあ、いい匂いさせてるから、下心もちょっとはあった」

「どっちなんですか」

黒江のペースに乗せられて、つい突っ込んでしまった。

「実際、めちゃくちゃよかったよな。男のオメガはすげえって聞いてたけど、マジだな」

黒江があまりに屈託《くったく》なくしゃべるので、千里はなんだか気が抜けてしまった。偉そうな態度なのはアルファ仕様として、黒江本人はそこまで悪い男でもなさそうな気がした。

「とにかく、部屋代はいい」

黒江が話を打ち切るようにいったので、それ以上押し問答するのも、と思って引くことにした。

「じゃあ、お先に失礼しますね。その、いろいろありがとうございました」

「またな」

気楽に返され、千里は拍子抜けした気分で部屋を出た。また好きでもない男とセックスしてしまった、という苦い気持ちはあるものの、あまり落ち込んでもいない。

「ん」

廊下を歩きだすと同時に、ポケットで碧のモバイルが震えた。見ると知らない男のアイコンがポップアップで表示されている。

〈千里、あたしのモバイル持ってった?〉

どうやら誰かに借りたモバイルのトークアプリからメッセージを送ってきたようだ。ロックがかかっていても、ポップアップメッセージに返信することはできる。

実はまだクラブにいる、とやりとりをしながら、黒江と寝てしまったと話したら呆れられるだろうな、と千里はかなり気恥ずかしかった。

白根沢先生にぞんざいな態度とる男なんか発情期に抑制剤切らしててもむり、とまでいったのに、まさにそうなってしまった。

「…はあ」

節操のないオメガの性に天を仰いでため息をつき、それでも間違いなく身体はすっきりと軽くなっているし、気分も悪くない。

まあいいか、と千里はモバイルを返すために廊下を歩きだした。

3

白根沢に監修を頼んだ新製品のプレス発表会は、滞りなく終了した。

記念ノベルティの配布や招待客の帰りの誘導で最後まで走り回っていた千里は、会場スタッフのお疲れさまでしたー、という声に、ほうっと全身から力を抜いた。

「朱羽、お疲れ」

プロジェクトメンバーの同僚が、天然水のボトルを手渡しながらねぎらってくれた。

「一息つきたいところだろうけど、白根沢先生がお呼びだよ」

「えっ」

キャップをねじろうとしていた千里は驚いて座っていた椅子から飛びあがった。

「先生が?」

「別に苦情とかじゃなくて、何か相談があるみたいな感じ」

千里の反応に、同僚が慌てていい添えた。

「ありがとう、行ってくる」

緩めていたタイを締め直し、千里は早足で控え室のほうに向かった。

先生、今日は本当に本当に素敵だったな……。

思い出すとほうっと息が洩れる。

白根沢にはデザイン監修者としてスピーチを頼んでいた。

立場上こうした場でスピーチを求められることには慣れているだろうが、白根沢は決して能弁家のほうではないし、押しの強いタイプでもないので、どちらかというとスピーチは不得手だろうと思っていた。が、立て板に水の開発部長のプレゼンやCMに起用したタレントのきらきらしたおしゃべりのあとで、みな白根沢の素朴なスピーチにほっと耳を傾けていた。意外にもちょっとした冗談も上手く、千里は白根沢の新たな一面にまた惚れ直してしまった。

「気の利いたこといえなくて、ごめんね」

ステージそばでマイクの受け渡しをしていた千里に、スピーチのあと申し訳なさそうにいって笑っていたが、千里は素敵でした、と心から答えた。

「先生、朱羽です」

控え室のドアは開けっ放しになっていて、見ると白根沢は数人の関係者に囲まれて話し込んでいた。

「ああ、お忙しいところすみません」

笑顔で迎えてくれる白根沢に、もう先生と仕事で会えるのはこれが最後なのか、と感傷が胸をよぎった。

でもこれからも先生に会う機会はいくらでもある。直近は美大関係者向けの講演会で、もうチケットは入手済だ。「白根沢実」のファンだというのは嘘ではないし、だから楽屋まで差し入れを持参したって不自然ではない。

告白したりして困らせるつもりはないが、千里はこれからもずっと勝手に好きでいるつもりだ。

「――え、私が先生のお手伝いを?」

だから白根沢のその打診に、千里は思わず声をあげた。

「私のような門外漢が、お役に立てるんでしょうか」

白根沢が主宰するアートグループが来月展覧会をすることになっていたが、主要スタッフの一人に身内の不幸があり、その穴を埋めてもらえないか、というのが白根沢の頼みだった。

「朱羽君の今後の仕事の幅を広げるのに、いい機会だと思うよ」

そばには千里の上司もいて、今後のこともあるからぜひお請けしろ、と顔に書いてある。むしろ上司のほうから「うちの朱羽はどうでしょうか」と提案していそうだ。

「君の通常業務のほうは僕のほうでも調整するから」

この上ない成り行きに、千里は胸を躍らせて「ぜひお手伝いさせてください」と頭を下げた。

アートグループは、白根沢の大学の教え子が中心になって活動している団体らしい。それでは、とさっそく控え室にいたスタッフに引き合わせてもらった。

「立体作品は展覧会やるの、本当に大変なんですよ。これ、出品作品の一覧です」

詳しいことは改めて、と簡単な自己紹介と挨拶だけして、千里はひとまずリーダー格の男からファイルを受け取った。

「では、後日メールさせていただきますので」

「お願いします」

まだ細々した仕事が残っていたので会場に戻りながら、千里はうきうきと受け取ったファイルに目をやった。

「――えっ」

そしてその一番上の名前にぎょっとして足を止めた。

――黒江暸（招待）デジタルアートインタラクティブグラフィックおよび立体電飾初出品

81香港

「あぁあ…そっかぁ…」

その可能性に気づかなかった自分のうかつさに、千里は思わず額を押さえた。

「白根沢先生の教え子だっていってたじゃん、そらそうだよ…」

当然のことだが、黒江とはあれきりだ。最終的には悪くない印象で終わったものの、また会いたいかと訊かれれば答えは当然NOだ。気まずすぎる。

「…ま、しょうがないか」

一瞬ダメージをくらったが、千里はすぐ気を取り直した。白根沢ともう少し関われるのだと思えば、黒江の存在などささいなことだ。

それにまだ本人と顔を合わせると決まったわけではない。手伝いといっても専門知識のない千里が任されるのは裏方のまた裏方といったところだろう。再会するにしても、会場準備のときにちょっとすれ違うくらいかもしれない。

「そうだよな、むしろそっちの可能性のほうが高い」

そしてその期待はあっさり裏切られた。

十日後、千里は都内のレストランバーで黒江と再会した。

　プレス発表会の次の週末、千里は白根沢のアートグループのメインスタッフとの顔合わせに臨《のぞ》んでいた。

　場所は都心のこぢんまりとしたレストランバーだ。スタッフの一人が内装を手がけたとかで、奥の部屋が貸し切りになっていた。

　初顔合わせに遅刻はぜったいに避けなくては、と少し早めに店に入ったが、まさかそこに黒江が一人でいるとは思ってもみなかった。

「よお」

　黒江は今日も黒いカットソー一枚のシンプルな服装で、一人手持無沙汰《てもちぶさた》な様子でタブレットを眺めていた。やってきた千里に一瞬驚いた顔をしたが、すぐに軽く挨拶してきた。

　スタッフだけのミーティングだと聞いていたので、完全に油断していた。濃密なセックスをした相手になんと挨拶すべきか悩み、曖昧に笑って小さく会釈をした。

「あの、まだ誰も…？」

「十分前だし、そろそろ来るだろ」

　黒江は眺めていたタブレットを片づけ、ついでのように腕時計で時間を確かめた。十人ほどがかけられるような広いテーブル席で、人数分のセッティングがされている。案内してきた店員が去ると、黒江の匂いが立ちこめた。自分が発散しているはずの匂いも、一般人にはわからなくても黒江には感じ取れるだろう。

どこに座ろうかと迷ったが、黒江が真ん中の壁際を陣取っていたので、千里はその斜め前に座った。入り口側で、マナー的にいえば下座になるので心理的にもちょうどいい。

「黒江さんもミーティングに参加されるんですか」

知らなかった、というニュアンスをこめていうと、「そっちこそ、いつスタッフに入った?」と訊き返された。どうやら千里が来ることを、黒江も知らなかったようだ。

「先週です。プレス発表のイベントのあと、白根沢先生から人手が足りないとお聞きして。…あの、この前はありがとうございました」

小声でいい足すと、黒江は小さく肩をすくめて、それには返事をしなかった。

「早くいらっしゃったんですね」

「日本の交通機関にまだあんまり慣れてないから、早めに出たら早すぎた」

時間を律儀に守るタイプだとは思っていなかったので、なんとなく意外だ。

「黒江さんは最近日本に帰ってこられたんでしたっけ。前はどちらに?」

さして興味はなかったが、間を持たせるために当たり障りのないことを訊いた。

「子どものころ北米にいて、留学したのはヨーロッパ。あと中東に一年…なあ」

黒江が急に声を潜めた。

「あんたはマッチングって申し込んでる？」

「は？　いえ」

「なんで？」

「なんでって…、っていうか、誰が聞いてるかわからないのに、マッチングとかって話は外ではやめましょうよ」

「そうだな。じゃあこれ終わったら俺んち来るか？」

「は？」

何をいい出すんだ、と千里は自動的に警戒モードになった。黒江に対する印象はだいぶ上方修正されているが、自宅に来い、といわれて素直にはいとは返事できない。

「いえ、遠慮しておきます」

「いいじゃん、来いよ」

「嫌ですよ」

小学生が放課後に友達を誘っているようないいかたに呆れつつ、千里は重ねて断った。

「なんで黒江さんのご自宅に伺わないといけないんですか」

「だめか」

「だめですよ」

「じゃあフォーンＩＤ教えて」

「…この前は黒江さん教えてくれなかったじゃないですか」

「金返すとかっていったからだろ。あ、じゃあやっぱりあのときの金返して。ＩＤとセキュリティ・クエスチョン教える」

「それでこっちのフォーンＩＤ取得するんですか？」

「いいだろ、ＩＤくらい」

話しているうちに、学生時代の飲み会で初対面の相手に口説かれているような変な気分になった。それにしても意図がよくわからない。

「あの。もうああいうのはしませんから」

念を押しておいたほうがいいかもしれない、と声を潜めていうと、黒江は眉をあげた。

「だろうな」

だろうな、という意味がわからず、黒江が何をしたいのかもさっぱりつかめない。そうこうしているうちにドアの向こうから話し声が近づいてきた。

「あ、他の人来たみたいですね」

個室のスライドドアが開いて、店員がこちらでーす、とスタッフメンバーを誘導してきた。

「朱羽さん、お待たせしました。早かったんですね」

プレス発表のときに名刺交換を済ませたスタッフの男がにこやかに先頭で入ってきた。確か青井《あおい》という名前だった。そのうしろに数人の男女がいる。

「よろしくお願いします、Tアーキテクトの朱羽です」

急いで立ちあがり、笑顔を浮かべて、千里はそこで戸惑った。なぜか入ってきたスタッフたちがいっせいに黙り込んだからだ。

「黒江さん」

青井がこわばった笑顔を浮かべた。

「い、いらっしゃってたんですか」

急に空気が硬くなるのがわかった。

「黒江さんが」

「えっ？」

「黒江さんが来てるって」

「え、うそ」

まだ黒江の存在に気づいていなかった後ろのほうのスタッフも、教えられてたじろいでいる。どうやら今日黒江が来ることを知らなかったらしい。

「白根沢先生に、要望があるなら直接スタッフに伝えろっていわれたから来たんだけど」

黒江が無愛想にいった。

「顔合わせも兼ねて参加したらどうかっていわれた」

「あ、そ、そうなんですか。すみません。知らなかったもので驚いてしまいました」

「メールしたけどな」

「えっ、いつ頂きましたか…?」

「先週と、返事なかったから昨日もした」

黒江が説明していると「あ、本当だ。事務局あてに来てます!」と青井の後ろにいた小柄な女の子が飛びあがるようにして自分のモバイルを青井に差し出した。どうやら行き違いがあったようだ。

「す、すみません、黒江さんのアドレスを登録してなかったみたいで、スパムと間違って見落としていました」

すみません、すみませんと謝るスタッフに、黒江は面倒くさそうに「別にいいよ」と答えた。人数増えたっていってきます、と小柄な女の子が慌てて厨房のほうに走って行った。

「あの」

こわばった空気を払拭《ふっしょく》しようと、千里は遠慮がちに声をかけた。

「あ、すみません朱羽さん。今日はわざわざありがとうございます」

青井が気を取り直したように改めて笑顔を浮かべた。

青井はその名前通りの爽やかな雰囲気の男で、プレス発表のときにはほんの少し挨拶を交わしただけだったが、そのあとメールのやりとりをして、調整能力の高そうな人だな、という印象を持った。最初のほうで軽く口説きたそうなそぶりを見せたが、千里が受け流すとさらっと引いてくれたのも好印象だった。

「じゃあ、適当に座って」

青井が声をかけ、スタッフは互いに目を見交わしながらそろそろと席を確保しはじめた。明らかに黒江の横は避けたい様子だ。真正面は青井が覚悟を決めた、というように座った。

「──えーと、まずはみんなに紹介しますね。この前お知らせしたとおり、桃田《ももた》さんの代わりにお手伝いしてくださることになった朱羽千里さんです」

「よろしくお願いします。朱羽です」

青井の仕切りで、千里は立ちあがってできるだけ明るく挨拶をした。

「白根沢先生とは弊社の新商品監修でご縁をいただき、今回は勉強になるから行ってこい、と上司に背中を押されてお手伝いさせていただくことになりました。門外漢でどこまでお役に立てるかわかりませんが、精いっぱい努めますのでよろしくお願いいたします」

八人ほどのスタッフは二十代半ばから三十代前半といったところで、みな美大卒らしい個性的なファッションをしていた。千里もそれを予想して、今日はクリエイターブランドのやや尖ったデザインのシャツとウォッシュデニムで来ていた。白根沢の影響で素朴な服が好きになったが、ファッション好きの人間の中でそれをやると逆に浮いてしまう恐れがあるし、もともとは千里も服が好きなほうだ。

「ピンチヒッターの朱羽さんに桃田さんのポジションそっくり引き継いでってのはもちろん無理なので、みんなそれぞれサポートよろしくね」

青井がいい終わらないうちに「失礼しま〜す」とスライドドアが開いて、ランチプレートが運び込まれて来た。事前に注文していたようで、セットされていたカトラリーやナプキンの前に次々にトレイが置かれていく。

こういうときには「わぁ美味しそう」とか「お腹空いたー」などという声があがるものだが、みな神妙な顔をしていて、明らかに黒江の癇《かん》に障るのを恐れているようだった。

「僕は現代アートとか立体芸術とか、まったく知らなかったんですが、白根沢先生のおかげで新しい世界を知ることができました。みなさんの作品も拝見するのが楽しみです」

静まり返ってしまってからでは口火を切るのも勇気がいる。さあいただきましょうか、という青井の言葉にかぶせるように話を振ると、青井がほっとしたように話に乗った。

「でも朱羽さん、美大にいそうですよ」

「そうですか?」

「商業デザインのグラフィックコースにいそう」

「あー、いそういそう」

「で、アートフェスなんかでカードとかTシャツとかがんがん売ってる」

「あれって作品以上に本人に華がないと売れないんだよねー」

他のメンバーも口々にいって、みんなが明るく笑った。空気がぐっと和らいで、一緒に笑いながらちらっと見ると、黒江は普通にサラダを食べていた。

「みなさん、普段はどういったお仕事をされてるんですか?」

千里の質問に、青井が指名する形で、おのおのショーウィンドゥのディスプレイをしているとか、美大で講師助手をしているとか自己紹介も兼ねて話してくれた。白根沢の教え子という共通点を軸に、緩やかなつながりでできたグループのようだ。そして黒江だけは紹介を飛ばされた。

ないがしろにしたわけではなく、「紹介などするのは失礼だ」という空気で、千里は徐々にみんなの黒江に対する緊張感の意味がわかってきた。ひと言でいえば「畏怖《いふ》」だ。

千里はアルファに慣れているし、黒江について今さらなんとも思わないが、一般人にとっては「近寄りがたい圧倒的な存在」に感じてしまうのだろう。

「今回のグループ展は、台湾のビエンナーレに出品したメンバーの作品を中心に、白根沢先生と黒江先生の作品をお借りして構成してるんです」

黒江の紹介をどうしようかと迷ったようだったが、青井は黒江に向かって愛想笑いを浮かべた。

「黒江さん、快諾してくださってありがとうございます」

また空気が緊張した。こちらこそ光栄です、くらいいえばいいのに、と千里がちらっと見ると、まるでそれが伝わったかのように、黒江が「こちらこそ」とぼそっといった。愛想はないし、激しく偉そうだが、それだけでみんながほっとした。

「それで、ご要望があるのでいらしたってさっきいっておられましたが」

青井が水を向けると、黒江はカトラリーを置いて、椅子の背にかけていたファイルケースから設計図のようなものを出して青井に手渡した。

「照明の配置をそれに合わせてほしい。あと会場の搬入経路がわかりにくいのと、出入り口の大きさが不明だからそれを教えてくれ。遅くとも三日前までにはメールで送って」

「了解です。お手数おかけしました」

青井は渡された用紙に目を落とし、緊張した表情でうなずいた。

「デジタルアートとかＡＲとか、僕はまったく知らないんで、すごく楽しみにしてるんですよ」

千里はさりげなく話を継いだ。こういう場面で話を回すのは、千里は苦にならずにできるほうだ。

「送っていただいた動画見ましたけど、体験型の教材みたいなものもありましたね。粘土で形作って、それが勝手に動いたりとか。僕なんかは立体アートって聞いたら彫刻とかオブジェとかってイメージだったんですけど」

「僕らはデジタルのほうが多いですね。白根沢先生も最近は大きなＡＲ作品作られてますし」

そこから今回のグループ展についての話題に流れた。黒江にも話を振るべきなのかと時折悩んだが、それは全員の頭にもあるようで、みなちらちらと真ん中の席にいる黒江を気にかけている。当人は話を聞いているのかいないのか、用件は終わった、とばかりにただ食事をしていて、結局そのあとは一言もしゃべらなかった。

「今日はありがとうございました。楽しかったです」

「こちらこそ、朱羽さんを頼りにしてます」

一時間ほどの会食だったが、それでメンバーのキャラクターはだいたいつかめたし、自分のこともアピールできた。

店の前で解散になり、みな黒江に気を遣って「ありがとうございました」とそれぞれ丁寧に挨拶をして、それじゃ我々は、と駅のほうに向かって行った。

「あの、黒江さん。フォーンIDとセキュリティ・クエスチョン教えてもらえますか」

声をかけると、ガードレールによりかかるようにしてモバイルを操作していた黒江がびっくりしたように顔をあげた。千里がそこにいることに気づいていなかったらしい。

「さっき、話の途中になってしまったので。教えてくれたら送金します」

ああ、と黒江が思い出した顔になった。

「金はいいから、うちに来いよ」

黒江が性懲《しょうこ》りもなく誘ってきた。

「どうしてご自宅なんですか」

「あんたに訊きたいことがある」

「私に？」

「家のほうが誰もいないから都合いいだろ」

黒江自身に悪い印象はなくなっていたし、彼の「訊きたいこと」とはなんだろう、という好奇心から、千里は誘いに応じることにした。

「ただし、この前みたいなことはしませんよ？」

「わかってるって」

しつこいとは思ったが、念には念をと、千里が確認すると、黒江はめんどくさそうにモバイルをポケットに突っ込んだ。

「アルファがいつもいつもオメガの尻ばっかり追いかけてると思うなよな」

確かにそうだ。この前も同じ誤解をしたし、自分も「オメガが全員アルファのいいなりになると思ったら大間違いだ」と憤慨《ふんがい》した。

「そうですよね、すみません」

千里が素直に謝ると、今度は黒江が苦笑した。

「まあ発情につけこんだやつがそんなこといっても説得力ねえよな」

黒江がモバイルを操作していたのは車を呼ぶためだったらしく、すぐウインカーを点滅させながらタクシーが近づいてきた。

「とにかく、来いよ」

本当に大丈夫なのかという一抹《いちまつ》の不安はあったが、結局千里は車に乗った。

4

黒江の住まいは、高台にある小ぢんまりとした戸建て住宅だった。都心からそう離れていない成熟した住宅街は、土地価格がすごそうだ。

「こっちだ」

タクシーから降りると、黒江について門扉をくぐり、庭を通った。

「植物育てるのお好きなんですか?」

千里は実家もマンションなので、もの珍しく生い茂っている樹木を眺めた。

「いや。この家は借家で、隣に住んでる大家がいろいろやってる」

「そうなんですか」

勝手にタワーマンションの最上階とかハイクラスな邸宅を想像していたので、ちょっと拍子抜けした。庭は広いものの、ごくありきたりな庶民の家だ。でもなんともいえない味がある。

「ここには、おひとりで?」

「俺は独身だよ」

黒江がつまらなさそうにいった。

「アトリエ用に広い部屋がいるっていったら不動産屋にここを紹介された」

黒江の実家は都内にあるが、アトリエの確保を最優先したらしい。

「わあ、すごいですね」

玄関に入って、千里は思わず声をあげた。

外から見るぶんにはなんの変哲もない古い戸建て住宅だが、和室の襖《ふすま》と畳を全部外していて、中は広い作業空間になっていた。台所以外は一続きで、広縁からそのまま裏庭に出られるようになっている。そしてその先に海が見えた。

「眺望《ちょうぼう》いいですね」

「適当に座って。なんか飲むか」

「お任せします」

作業スペースはパソコンと周辺機器でいっぱいで、千里には用途のわからない躯体がいくつも転がっていた。ホームAIが入っているらしく、人の動きに反応してぴっと音が鳴り、天井に埋め込まれていた空調が動き始めた。

隅にあった古いソファに座ると、千里は改めて周囲を見回した。

大きなモニターやスピーカーが設置されているほかには何もなく、二階が居住スペースになっているようだ。キッチンはカウンターで仕切られていて、見える範囲ではきれいに整えられていた。

「ありがとうございます」

しばらくしてコーヒーのいい匂いがして、黒江がマグカップを二つ持って来た。焙煎が趣味だというだけあって、やはり香りがいい。

「黒江さんて無彩色が好きなんですか？」

真っ白のマグカップを受け取りながらなんとなく訊くと、黒江は「ん？」と首を傾げた。

「着てるのも、いつもグレーとか黒とかだし、家の中も色がないから」

「好きっていうか、仕事の反動だな。…あんたのそのシャツいいな。似合ってる」

「へ」

まさか黒江に服を褒められるとは思っていなかった。というか、アルファが他人のことを気にかけて、なおかつ褒める、というのが驚きだ。黒江はいつも座っているらしいスツールに腰を下ろした。

「なあ。なんでオメガはなかなかマッチング申し込まないんだ？」

黒江が唐突に訊いた。

「あんたも申し込んでないっていっただろ。マッチングセンターはぜったいそういうデータを表に出さないけど、オメガがマッチングを望まないから、なかなか成婚にならないんだ。俺たちは経済基盤が整ったらすぐに申し込むのに」

脈絡のない話に戸惑ったが、黒江は不服そうな表情をしていて、どうやらそれが「訊きたかったこと」らしい。そういえばさっきの店でも急にマッチングに申し込んでいるのか、と突然訊かれた。

「そんなことを訊きたかったんですか」

「そんなことじゃねーよ。俺は悩んでるのに」

「え、悩んでるんですか」

「成婚したい」

黒江の呟きに、コーヒーを噴き出しそうになった。

冗談をいっているのかと思ったが、黒江の声は真剣だった。

「あ、そうなんですか…」

「成婚したい」

二回目はさらに真剣で、どう返事をしていいのかと困惑している千里をよそに、黒江ははあ、とため息をついた。

「俺は仕事がこれだから、オメガを保護できる条件整えるのにだいぶかかった。でも申し込んでもぜんぜん適合する相手が見つからねえ。同じ人種のほうが適合率上がるし、噂だと居住地もパーソナルレビューで弾かれる理由になってるっていうから、ちょうど仕事もあったし、日本に帰って来たんだ」

「そんな理由で?」

びっくりしていうと、じろっと睨まれた。

「アルファはみんな成婚したがってるよ。俺の親父もおふくろが申し込んでくれるまで通知来るのを五年待って、そっから必死でプロポーズしたっていってた」

「へえ…」

特殊バース性の中のコミュニティは、実はかなり偏っている。千里も仲良くしているのは独身のオメガばかりで、アルファの知り合いなど一人もいなかった。遺伝的要素の強いアルファと違い、偶発的に生まれるオメガは親族の中にも特殊バース性の人間などいないし、成婚するとアルファのコミュニティに吸収されてしまう。だから合意でする限定的なセックス以外にアルファとは接点がなかった。アルファがオメガに執着しているのは肌で感じていて、本能的に警戒している部分はあった。関係性でいえば、完全に捕食者と非捕食者だ。

「逆に、なんでそんなに成婚したいんですか?」

「さみしいからに決まってんだろ」

黒江が嫌そうにいった。

「さみしい…」

どこにいても一目置かれ、生まれついてのリーダー格のアルファが？

「一般人に俺たちは受けないからな」

受けない、といういいかたがおかしくて笑いそうになった。

「まあ、今日もみなさん気を遣ってましたけど、別に受けないとかってことはないのでは」

「怖がられるのは慣れてるけど、友達いないの、さみしいじゃんか。だから伴侶がほしい」

ほぼ初対面の相手にこんなこといっちゃうのか、と千里はかなり驚いた。

「アルファの友達は？　いないんですか？」

「いない。っていうか、アルファは基本つるまねえから」

確かに、クラブでもオメガは友人連れが珍しくないが、アルファはほぼ例外なく単独で来ている。

「どうしてなんですか？」

「さあ。親族は別だけど、よそのアルファとは磁石の反発みたいな感じで、一緒にいられねえ。たぶんみんなそうだと思う」

うまく想像できなかったが、個々のオーラが強烈すぎるからかな、と推測し、他人など歯牙《しが》にもかけないように見えるアルファが「みんな成婚したがっている」という意外すぎる話に驚いた。

「あー成婚してえ」

黒江が実感のこもった声で呟いた。まるでモテない童貞高校生が、彼女ほしい、とうめいているようだ。千里はまた驚いた。

「黒江さんって、かなり変わってますよね…？」

「そうみたいだな。よくいわれる」

こんな率直に自分の弱みを見せる人間は、アルファでなくても少ないのでは、となによりそこに驚いてしまった。

「アートやってるアルファなんて、初めて会いましたし」

「俺だって男のオメガは初めてだ」

顔を見合わせ、苦笑し合うと、奇妙な連帯感のようなものが生まれてくる。

「黒江さん、こっちに戻られたのって先月でしたっけ」

「六週間前だな。なんで？」

「いや、どういう経歴でこられたのかと思って」

「うちは学者の家系なんだよ。俺も途中までそっち方面だった」

「それがなんでまたクリエイターに？」

　研究者や発明家、カリスマ性が必要な起業家にはアルファが多い。そして彼らは必要に応じて自分の属性をオープンにしている。ものわかりの悪い一般人たちに「天才のやることにケチをつけるな」と牽制《けんせい》するためだ。

　でもこと芸術分野ではアルファという属性は耳にしたことがなかった。その属性を明かしても、むしろマイナスにしか働かないはずだ。コンピューターの作った絵や詩が好意的に受け入れられないのと同じで、自分たちの感性とはかけ離れているはずのアルファが一般人の心に響くものが作れるわけがない、という先入観がある。千里も最初は不自然さを強く感じた。

「中学のときに同じ研究所にいた一般人がアルゴリズム使った動画を作ってて、それ見せてもらったのがきっかけ。子どものころから絵とか好きで、アルファなのに珍しいとはいわれてたけど」

「へえ…それで普通に受験して美大に？」

「そう。アルファってばれないようにいろいろ根回しして、めんどうだった」

黒江がうんざりしたようにいった。

白根沢にまで伏せようとしていたのを考え合わせると、千里が想像しているよりアートの世界ではアルファに対する偏見が強そうだ。彼の本当の能力は、「途中までそっちだった」という研究分野のはずなのに、それを捨ててまで不利な世界に飛び込む黒江に、千里は内心舌を巻いた。自分にはとてもできない。

ふと、この男の作っているアートがどんなものか、見てみたくなった。

「黒江さん、せっかくアトリエに入れていただいたんですから、作品見せてもらえませんか？　青井さんに参考動画を送ってもらったんですけど、あまりよくわからなくて」

「そりゃいいけど」

黒江はちょっと考えてから、立ちあがって部屋のカーテンを引いた。

「そこに映写するから」

部屋の片側に何も置いていなかったのは壁一面をプロジェクター代わりに使うためだったらしい。クラシカルな映写機がパソコンに接続され、壁にカラフルな色が溢れた。

「わぁ……」

万華鏡のようにきらきらと模様が連続で動く。

「これは壁面装飾の試作。そこに手を置いてみ？」

「壁に？」

いわれるままに手を壁に置いてみて、千里はひっと驚いて手をひっこめた。綺麗な模様がぐにゃっと歪《ゆが》み、穴のような黒い空間に吸い込まれ、手も一緒に持っていかれそうに見えたからだ。

「ええっ」

そして手を引くと、模様がこっちに向かって浮きあがってくる。

「なんですか、これ」

「目の錯覚を利用したトリックアートの一種」

「えー、でも触れると動くのってなんで…？」

壁を指先でつつくと色が弾け、手を置くとまた吸い込まれそうになる。

「それは企業秘密ってやつだな」

「仕掛け教えてもらってもきっと理解できないでしょうけどね」

「これは一部分で、他のものと組み合わせてもっとでかい映像にするんだ」

「へー…」

「すごい」

「その赤いとこに向かって、なんか声だしてみ？」

「声？」

「なんでもいいけど、ちょっと感情こめて」

「感情？　じゃあ…『うわっ』わあっ」

驚いた声を出してみると、壁に映写されていた画像がいきなり膨らんで、千里は素で仰天した。

「今のは声に反応したんだよ」

黒江が試すようにははっと笑い声をあげた。それに反応して壁が焼き餅のように膨らむ。

「へえ～…」

それからしばらく声に反応する映像で遊んだ。色が弾け、絡まり、散らばる。

「すっごい、綺麗」

トランプの模様がくるくる回り、だんだん小さくなって映像が切れた。

「終わり」

黒江が映写機の接続を切った。

「面白かったです」

「どうも」

黒江はカーテンを開けて、ついでに窓も開けた。

「匂いがこもるからな」

「ああ…ですね」

実はそれは千里も気になっていた。二人きりで密室にいると、だんだん匂いが濃くなっていく。窓から入ってくる新鮮な空気を吸い込むと、黒江も同じように深呼吸していた。

「白根沢先生はどんな作品を出品されるんですか？」

「先生はＡＲ作品だな」

黒江がポケットからモバイルを出した。

「こういうの」

「あ、これアートチャンネルで配信してたのと同じ作品ですね」

黒江が見せてくれた画像は、砂場に入った子どもたちが砂遊びに興じているものだった。どういう仕組みなのか、子どもたちが砂で塔や船をつくると色がついて、足元の砂もブルーやグリーンに変化する。子どもたちがそろいのつなぎ姿で砂遊びに夢中になっている様子そのものがアートになっている。千里が配信サイトで見たものとはバージョン違いで、かつ白根沢が子どもたちに声をかけているのも映りこんでいる。

「うわー、白根沢先生の制作現場って初めて見ました。すごい」

「メイキング映像は俺も好きだ。他のも見るか？」

千里の反応に、黒江が気をよくしたようにいった。

「えっ、あるんですか？　見たいです！」

白根沢に関する話を聞けたらいいなという下心もあって来たので、当然食いついた。

「これは大学で毎年やってる制作展の準備」

「あっ、先生髭《ひげ》生《は》やしてる」

黒江が見せてくれた動画は大学の制作室のもので、学生に指導している白根沢は口髭を生やしている。今と同じ眼鏡なのに印象がぜんぜん違う。髭もいいなあ、と作品そっちのけでうっとりした。他にも複数人でロボットアームのようなものを動かそうとしている動画や、設営の様子を撮ったものなどがあった。

「白根沢先生の作品って、すごく計算して作ってるはずなのに、そう見えないところがいいですよね」

「うん」

いつも思っていることだが、門外漢のくせにわかったようなことをいってしまった、とちょっと恥ずかしくなったが、黒江は嬉しそうにうなずいた。

「先生の自然エネルギーを使ってるのとか、顕著《けんちょ》だな」

黒江の声には憧《あこが》れが滲《にじ》んでいた。

「ビューティ・ビースト?」

「見たか? あれ」

「クリエイター・チャンネルで見ました。白根沢先生の作品の中でも特に好きなので」

「俺もだ」

黒江が意気込んでうなずいた。

白根沢の代表作として知られる立体模型は、さまざまな素材を組み合わせて作った生き物たちだ。絹糸、砕いた天然石、流木、硝子《がらす》、針金がなんともいえない不思議な形で絡まり合い、それが太陽光や風力で自力運動し、発光する。手のひらサイズのものから、トラックほどの大きさのものまで多種多様で、そのすべてが神秘的で美しかった。

「俺、あれの本物見たくてスペインとかポルトガルの美術館行ったんだよ。まだヴェルべは見てないから、そのうちロシア行く」

「本物はやっぱり動画で見るよりすごいんでしょうね」

「ガリントン…、風力で走るやつあるだろ? 俺、あれはスペインの海岸で走らせるイベントのとき行った。百体以上のガリントンがいっせいに夜の浜辺を走るんだ。蟹《かに》とか亀とか、月夜に卵産みに出てきたり帰ったりすんじゃん。あんな感じでさ、神々しくて、荘厳《そうごん》で、ギャラリーみんな圧倒されてた」

少し早口になって語る黒江はかすかに頬が紅潮していて、本当に白根沢の作品に心酔しているのが伝わってくる。

「俺も見てみたかったな」

「そのうち一緒に行こうぜ。ヴェルベはなかなか一般観覧に出ないいんだけど、そろそろどっかの美術館で立体作品の展覧会やると思うんだよな」

「ヴェルベって絹糸のやつですよね？　ふわふわの」

「そう。あれは劣化防止が難しいから、なかなか出展されない。見られるときにはぜったいに見とかないと後悔する」

聞いているうちに千里もそれは是が非でも見ておかねば、という気になった。

「白根沢先生に出展予定がわかったら教えてくれって頼んでもいいんでしょうか」

「俺はいっつも頼んでる。ほんじゃもしわかったら教えるよ。一緒に行こうぜ」

「お願いします」

すっかりファンモードで意気投合し、黒江は「コーヒー、もう一杯飲むだろ」とキッチンに立った。

「黒江さん、本当に白根沢先生が好きなんですね」

「あんたもな」

黒江が何気ない調子でいった。

「それであんたマッチング申し込まないんだな」

いきなりマッチングの話に戻って、しかも妙に納得したようにいわれ、千里は意味がわからず瞬きをした。

「なんのことですか？」

「白根沢先生が好きだから、マッチングに興味ないんだろ？」

「――は？」

驚きのあまり、腰を浮かせた。

「な、な、なんですかそれ」

「好きなんだろ？　白根沢先生」

「ちが…っ」

「違わねーだろ。いいよ今さら隠さなくても」

うろたえた千里に、黒江は気づかれていないとでも思ってたのか、というように千里のほうを見た。まさか黒江がそんなに察しがいいとは夢にも思っていなかった。

「あんたずっと白根沢先生、白根沢先生ってそればっかりだし、先生の話するとフェロモンが微妙に変わるから、そのくらいわかる」

「そ、そ…」

恥ずかしさと動揺で顔がかあっと熱くなった。

「一般人好きになるとか、ありえねえな」

「悪いですか？」

同情するような、揶揄するような調子でいわれ、千里は開き直って火照った顔のまま黒江を睨んだ。

「悪いなんていってねえだろ。ただ好きになってもどうしようもないから大変だなっつったんだ」

千里は今度こそ言葉に詰まった。

好きになってもどうしようもないということくらい、千里もよくわかっている。

一般人で、異性愛者で、一回り以上年上の美大教授。どうしようもない。ありえない。

確かにそうだ。

「俺もアートやってるアルファってとこで弾かれるっぽいから、同じだよ。成婚してえんだけどぜんぜんだめだ」

一人で落ち込んでいる千里をよそに、黒江は黒江でマイペースにぼやいている。

「…黒江さんてほんとに変わってますね」

「お互いさまだろ」

「俺はそんなこといわれませんよ」

「だから一般人ともうまくやれるってか。いいよなあー」

本当に羨ましそうにいうので、なんだか気が抜けてしまった。本当にこの人は変わってる。

「あの、先生には」

「いわねえよ。いってどうすんだ」

「他の人にもいわないでください」

「ホカノヒトは俺と必要なこと以外話さないから心配すんな」

黒江が口を尖らせた。その顔がおかしくて思わず噴き出した。

「なんだよ」

「いえ。黒江さん、ほんとに面白いなと思って」

「そんなことというのはあんたくらいだ」

「早くバースセンターからマッチングの通知が来たらいいですね」

一方的に弱みを握られた感じが癪《しゃく》だったので厭味《いやみ》っぽくいったのに、黒江は「まったくだ」と嘆息した。

「でも来ねえんだよなぁ、これが」

カップを二つ持って黒江が戻ってきた。

ハンドドリップで丁寧に淹れた黒江のコーヒーは、やはりまろやかで香りもいい。

「…美味しい」

「だろ？　これは淹れるとき、蒸らす時間がポイントなんだよ」

得意げにいって、黒江もコーヒーを啜った。

ちょっと変わり種ではあるが、彼と成婚できるオメガは幸せになれるんじゃないかな、と千里はなんとなくそんなことを思った。

5

朱羽さん、と呼び止められて、それだけでどきんと心臓が心地よく跳ねあがった。

「今、いいですか？」

白根沢は今日も厚手のシャツとデニムで、足元だけはいつもの白いキャンバスシューズの代わりに安全ブーツを履いていた。脚立に上って指示する必要があるからだ。

「はい、大丈夫です。なんでしょうか」

ときめいているのが顔に出ないように気をつけながら、千里は愛想よく答えた。

いよいよ明日がグループ展の初日で、二日がかりで会場準備をすすめてきたが、白根沢と黒江は多忙のため、前日の今日、夕方から会場入りしていた。

白根沢先生にお会いできる、と千里は昨日の夜からそわそわしていた。

「朱羽さんにはずいぶん負担をかけてしまったようですね」

白根沢が小声で謝った。

「朱羽さんが優秀なものだから、みんなつい頼りきりになってしまったようで、申し訳なかったです」

「いえ！」

実際、ちょっとしたサポートのはずだったのに、フライヤーの作成から業者誘導、来客用駐車場の確保までどんどん仕事を振られて、千里はすっかりメインスタッフとしてあてにされていた。内心「おいおい」という気分でいたが、こうして白根沢にねぎらってもらえるのならまったくもって問題ない。

「雑用こなすのは得意なんです。ちょっとでもお役に立ちたいので、なんでもおっしゃってくださいね」

このくらいは許されるだろう、と千里は恋心を秘めて白根沢を見つめた。

「ありがとう。本当に助かります」

「はい！」

先生のためなら二徹でも三徹でも頑張れる。

「よだれ垂れてんぞ」

それじゃあ、と去って行く白根沢を見送ってぽうっとしていると、後ろからすっかり聞き慣れてしまった声がした。振り向くと、半袖のTシャツ一枚の黒江が配置図を手にして立っていた。

「黒江さんのほうは終わったんですか？」

「終わった終わった。なあ、ちょっと休憩しようぜ」

黒江の自宅に行ってから二週間、黒江とはすっかり打ち解けてしまっていた。

あの日、黒江の家を辞したのは彼に仕事の電話がかかってきたからだったが、「コーヒーごちそうさまでした」と電話中の黒江に耳打ちするようにして帰ったのが気に入らなかったらしく、その夜黒江からビデオ通話のリクエストがきて、「一緒に晩メシ食おうと思ってたのに、なんで勝手に帰ったんだよ」とのっけから文句をいわれた。

「勝手にって、お仕事の邪魔になるかと思って遠慮したんじゃないですか。それに別に夕食の約束をしてたわけでもないでしょう」

理不尽な言い分につい反発してしまったが、もっと怒るかと思った黒江は「それもそうだな」とあっさり納得して、千里は拍子抜けした。

自分が傍若無人なぶん、黒江は相手の多少の無礼も気にしないたちのようだった。

それからときどきビデオ通話のリクエストが来るようになり、千里は彼の流儀に従って、都合の悪いときは「今日は無理です」と断り、時間の余裕があるときは「三十分くらいならいいですよ」と応じた。

無駄な遠慮をやめると、黒江は思っていたよりずっとつき合いやすい相手だった。横柄《おうへい》な態度に慣れてしまうと、案外素直だし、何より率直だ。

白根沢を称えるトークを思う存分できるのも楽しくて、気づくとずいぶん距離が縮まっていた。碧に話すと「アルファと友達になれるもんなの？」と呆れ半分に驚かれたが、千里自身にはあまり違和感がない。黒江がいろいろ規格外だからかもしれない。

「じゃ、上に行きます？」

「上？」

「展望フロア。この時間だったら空いてると思うし」

「へー、いいな。そうしよう」

会場はビジネスビルの一階ホールで、上階はテナントオフィスが入っている。最上階が展望フロアになっているので、昨日も他のスタッフたちと休憩がてら夜景を眺めた。

「お、すごい夕焼け」

高速エレベーターで展望フロアにあがると、夕日に染まった都心のビルがパノラマビューの向こうに広がっていた。思った通りベンチシートはがらがらだった。黒江はさっそくモバイルで撮影を始めた。素材に使えそうなものはなんでも撮っておくらしい。

「あー、白根沢先生、今日も素敵だったなあ…」

眺望のいいベンチに黒江と並んで座り、千里は自販機で買ったペットボトルのキャップをねじりながら、さっきの白根沢との会話を反芻した。

「先生っていつものどかな感じなのに、指示出すときだけはびしっとしてて、そこがまた格好いい…！」

「先生は指示出しすんの、根気いいよな。俺には真似できねえ」

黒江が撮影した写真を確かめながらいった。ついでに千里にも「一枚いいか？」と写真に撮った。

「黒江さんはぜんぶ自分でできるからでしょう」

さっきまでの黒江の作業を見ていて、千里はアルファの孤独の意味がぼんやりわかった気がした。同じ天分の持ち主でも、黒江と白根沢の大きな違いは、「協力の必要性」の差だ。しかも集中しているときの黒江はアルファのオーラ全開で、それが人を萎縮《いしゅく》させてしまう。アシスタントについた男はずっとびくびくしていたが、そりゃそうなるよな、と何をやっても足手まといになりがちな彼に、内心千里は同情していた。一般人でも本物の才能を持った白根沢くらいでないと、とても黒江と対等に渡り合えない。

そして一人でなんでもできるということは、誰かと何かを分かち合うことができないということでもあるんだな、と気がついた。

「向こうの仕事のほうは？　順調なんですか？」

ひとしきり「今日の白根沢先生」を賛美してから、千里は黒江のほうに話を振った。黒江は都心から車で一時間ほどの観光地で、別荘の壁面装飾を手がけている。

「それなんだけどな」

黒江が声のトーンを落とした。

「俺、別荘のオーナーの息子と知り合いだったって話はしたよな？」

「ええ。しばらく会ってなかったけど幼馴染だったたっていってましたね」

黒江は案外よくしゃべる。白根沢のいろんなエピソードを教えてくれるのが嬉しかったが、彼自身の仕事の話もよくしてくれて、それを聞くのも千里はけっこう好きだった。

別荘のオーナーが知り合いだったのはまったくの偶然らしいが、富裕層のアルファが占める割合を考えれば、特に驚くほどのことでもない。アルファ同士はそりが合わないものらしいが、そのオーナーの息子とは親のパーティで知り合って、奇跡的に気が合い、顔を合わせるたびに一緒に遊んでいたらしい。黒江もたいがい変わり種だと思うが、そのアルファも黒江にいわせると「のほほんとしてて、そのころから一般人ともちょいちょい友達になってたへんなやつ」ということだった。

「その人が、どうかしたんですか？」

「一般人と結婚するんだってよ」

「ええっ？」

びっくりして思わず大きな声が出た。周囲にはぱらぱらとしか人がいなかったが、千里は慌てて口を押えた。

「そ、それ、大丈夫なんですか……？」

特殊バース性の人間が一般人とつき合うこと自体は、推奨されてはいないがそこまで禁忌にはなっていない。千里の場合も白根沢が一般人であることより、彼が異性愛者で一回り以上も年上だということで諦めていた。

でも結婚となると話は別だ。

まだ今のようにマッチングシステムがきちんと確立されていなかったころは一般人と結婚する特殊バース性の人間もけっこういたようだが、周囲を巻き込んでの不幸な結果に終わることが多く、アルファの立場によっては社会的な混乱に繋がった事例すらあるので、今ではほぼタブーになっている。表向きは個人の自由とされているが、「社会保障を受けている責任と自覚を持った選択をするように」とことあるごとに指導を受けていた。

「俺も昨日聞いてさすがにびっくりした」

「よく周囲が許しましたね。結婚って…」

「北斗《ほくと》も結婚は無理だなって思いながら十年以上つき合ってて、けど弟に子どもができたもんで、いろいろ考えたらしい」

「ああ、なるほど…」

一般人と結婚するのか、と千里はそのアルファの決意に自分を重ねてぼうっとした。白根沢先生とおつき合いをすることなど夢のまた夢だが、そんな奇跡だってこの世にはあるのだ。

「黒江さんは応援してあげてくださいよ」

「俺になんの応援ができんだよ」

黒江が嫌そうにいった。

「励ますとか」

「俺が励ましてほしいぜ」

黒江が愚痴っぽい口調になった。

「それよりその、子どもができたっていう北斗の弟がむかつくんだよ。そいつ、高校の入学式で偶然自分の伴侶に出会ったんだと」

「へえ」

びっくりしながら、どこかで聞いた話だな、と千里は頭の中の記憶をさらった。

「そんな偶然本当にあるのかよって思うよな？　適合率九割超えで、相手のオメガは発情期も来てなかったのに出会っていきなりヒートが来てわかったって、どんなエロゲだっつの」

「その相手の人、男性オメガじゃないですか？」

「ん？」

そうだ、グループ会社の社内報で男性オメガを公表した社員が同じようなことをインタビューで答えていた。

「さあ、そこまでは聞いてないけど、双子が生まれたっていってたかな」

「双子？　じゃあやっぱ小野さんだ」

それもインタビュー記事で読んだ。間違いない。

「男性オメガなんてレア中のレアがこんな身近にいたのかって驚きましたけど、なんか縁があるのかな」

一度会って話をしてみたいと思っていたが、別会社なので今までは接点がなかった。

「いいよなあ、偶然出会ったとか」

黒江がしつこく羨ましがっている。

「その、お兄さんの相手の一般人はどんな人なんですか？」

兄弟どっちのレアケースに興味があるかといわれれば、もちろん千里は兄のほうだ。

「ピアニストだっていってたな。北斗がもともとその人のファンで、演奏会に通ってるうちにつき合うようになったって」

「ロマンチックじゃないですか…いいなあ…」

「いいよな…十五で伴侶とか…」

千里は一般人との恋愛にロマンを感じたが、黒江のほうは弟カップルが羨ましくてしかたないようすだ。二人して兄弟それぞれに羨望のため息をつき、同時に笑った。

「あんたはよく笑うよな」

黒江がペットボトルのキャップをねじりながらいった。

「黒江さんはよくつられて笑う」

「そうか？」

「自覚ないんだ？」

「俺の前でそんなに笑うやついないからな」

黒江が妙にぽつりといった。

そういえばこの人とセックスしたんだった、と千里は黒江の喉仏が動くのを見ながら、今さら不思議な気分になった。突発的に発情してしまったときに抱かれたから、快感の記憶が強烈で、かえって黒江と寝たという実感が薄い。

「なあ、別荘の竣工《しゅんこう》パーティ、あんたも来るか？」

そろそろ行くか、とベンチから腰をあげながら黒江がふと思いついたようにいった。

「壁面装飾のお披露目もかねて、けっこう盛大にやるとかいってた。たぶん北斗もその一般人の婚約者連れてくると思うし」

「いいんですか？」

「誰か招《よ》びたい人がいればばっていわれてる」

「じゃあお願いします」

一般人とアルファのカップルを見てみたいし、そうでなくとも新進気鋭のアーティストにぽんと作品を依頼できるほどの金持ちのパーティを覗ける機会などそうそうない。

「それじゃ詳細わかったら連絡する。――すごいな」

黒江が目の前に広がるパノラマに目をやって呟いた。いつの間にか夕日が高層ビル群の向こうに沈み、群青の夜が落ちていた。高速道路に光の帯が流れている。

「一般人は俺たちのことを特別だなんだって持ちあげるようなことというけど、圧倒的多数ってすごいよな。太刀打ちできねえ。羨ましい」

羨ましい、という声に憧れのようなものが滲んでいる。千里も夜景に目をやった。

無数に瞬く光のぶんだけ、そこに人がいる。

「俺はあの人たちの中に入れてもらえない。オメガは溶け込めるのに、俺たちは弾かれる。なんで俺たちは馴染めないんだろうな。…俺がアルファだってわかったら、作るものまで受け入れてもらえない。アルファが一般人の心に響くものなんかつくれるわけないって思われてるんだ」

「そんなこと…」

「あるよ。アルファの作ったものは人工知能が作ったものと同じ扱いされる。俺がチャイルドキャンプで作ったモザイク壁画、コンクールに出したらグランプリに選ばれたのに、作った子どもがアルファだってわかったとたん、審査員が恥をかかされたって怒りだして取り消しになった」

「なんでですか？」

黒江は肩をすくめた。

「本物の芸術家が作ったと思って褒めたら人工知能が作ってました、っていわれたようなもんだからじゃねえの？　自分の審美眼《しんびがん》を馬鹿にされた気がしたんだろ」

そんな馬鹿な、と思う一方で、確かに自分も黒江のことを「アルファがアートを？」と訝《いぶか》ったことを思い出した。

「オメガと成婚したら、少しだけでも一般人につながれる気がするから、俺は成婚したいんだ」

アルファがどうしてあれほど自分のオメガを求めるのか、千里は深く考えたことがなかった。

アルファは支配欲が強いから、オメガを屈服させて自分のものにしたいんだろうと漠然と考えていて、だからアルファを警戒していた。

黒江が以前なんの抵抗もなく「さみしいじゃん」といったときには流したが、そのときより彼の気持ちを理解できるようになった気がした。

「この前、なんでオメガはなかなかマッチング申し込まないんだって黒江さんに訊かれましたよね」

エレベーターホールに向かいながら、千里はふと自分の胸の内も見せてしまいたくなった。

「みんなそれぞれ理由があるんだろうけど、俺はやっぱり自分の属性が根底で受け入れられてないからなんだろうなって思います」

バースセンターで体質に合った抑制剤を処方してもらい、クラブやチャットで知り合ったアルファとセックスして紛らわすことを覚えて、表面的には受け入れられるようになったと思っていた。でも成婚にも恋愛にも興味がない、と背を向けていたのは、結局自分の属性を意識させられるのが嫌だったからかもしれない。

エレベーターのボタンを押そうとしていた黒江が、戸惑ったように千里のほうを見ている。千里は手を伸ばして下降ボタンを押した。

「発情期って、気持ちと関係なくそうなるから、それがすごく嫌だったんです。大人になって割り切ったつもりだったけど、ずっとどこかで引っ掛かってたんですね。好きな人ができて、よけいに辛くなった。好きな人としか寝たくないのに、発情すると自分の身体に裏切られる」

聞いていた黒江がわずかに顎を引いた。目に強い戸惑いが浮かんでいる。

「あ、この前急に発情しちゃったときは黒江さんに助けてもらって、ありがたかったと思ってますよ」

「でも、本当は嫌だったんだな？」

「嫌っていうか…」

　気を悪くさせたくなかったが、どう取り繕っても嘘になってしまう。あのときは確かに嫌だった。むなしかった。

「俺は白根沢先生が好きだから…、その、巻き込んじゃって、ほんと悪かったです。アルファだっていい迷惑ですよね」

「俺は別に迷惑とか思ってない」

　黒江がちょっと怒ったようにいった。

　無神経なことをいってしまった、と慌てたが、いつもならつるつる出てくるフォローの言葉がなぜか出てこない。それに、黒江には適当な謝罪でお茶をにごしたくなかった。

　沈黙が落ち、気まずい空気を救うように、エレベーターのドアが開いた。学生ふうのグループが乗っていて、彼らのにぎやかなおしゃべりを聞いているうちにエレベーターが一階についた。

「じゃあ、また」

「うん――なあ」

行きかけた千里を、黒江が呼び止めた。

「この前は、悪かった」

いろいろ考えていたらしい顔つきに、千里はつい小さく噴き出した。本当に素直な人だ。

「なんだよ」

むっとしつつ、黒江はやはりつられたように笑った。

「黒江さんが謝ることじゃないでしょう。むしろ俺のせいであああなったんだから」

「でもよく考えたら、俺は合意をとらなかった。常駐医を呼ぶこともできたんだよな…でも発情してるオメガを抱いて何が悪いって思ってたな。……抱いてやる、くらいに思ってた。オメガがどういう気持ちなのかとか、考えたこともなかった」

「……」

黒江の瞳に、天井の照明が映りこんでいる。千里はまっすぐに黒江を見つめた。

「助けてもらったって思ってます。本当ですよ」

「じゃあ」

黒江の目がなごみ、千里は肩のあたりが軽くなった気がした。

「うん」

また、といい合って、今度こそそれぞれの持ち場に向かった。

6

グループ展は盛況に終わり、黒江は本格的に壁面装飾の仕事に入った。

ときどきメッセージのやりとりはしていたが会う機会はなく、黒江から「前にいってた別荘の竣工記念パーティがあるから来ないか」と連絡が入ったのは、春の連休前だった。

黒江は前日から宿泊しているということで、千里は電車を乗り継ぎ、一人で高原の別荘地に赴いた。最寄り駅からは制服の運転手が迎えに来てくれて、十分ほどでまるで小さな美術館のような建物に到着した。

堅苦しい竣工式はすでに終わっていて、黒江はエントランスまで出迎えてくれた。

「どうかしたか」

ラフな格好の黒江しか見たことがなかったので、千里はちょっと驚いた。

「え、いやいつもと違うからちょっとびっくりして」

髪をきちっとセットして、スタンドカラーのスーツの襟元には小さなピンが光っている。

堂々とした長身と鬱陶《うっとう》しいほど濃い睫毛と厚い唇がその個性的なスーツによく似合ってい

て、千里は今さらどぎまぎした。周囲の女性もちらちら黒江を気にしている。

「あんたも」

黒江が目を細めて千里を上から下まで鑑賞するように眺めた。

「いいな、そのスーツ。似合ってる」

「そうですか?」

黒江は千里の服装をよく褒めてくれる。それをことさら意識しているわけではないが、最近はまた以前のように自分の好きな服を着るようになった。今日は華やかな席なので、以前よく着ていたフレンチスタイルのスーツにした。軽めの生地はライトグレーにイエローのネップが入ったもので、シャツは濃いグレー、ノットを小さく結んだタイは黄色の碇《いかり》模様が入ったものを選んだ。

「俺はこのあと取材があるから、先に小野さんに紹介するな」

別荘の竣工記念パーティは黒江の壁面装飾のお披露目も目的のひとつで、美術専門誌やアート関係の取材が入ると事前に聞いていた。

小野とは黒江を通じて一度だけメッセージのやりとりをした。彼も自分の身近に同じ男性オメガがいたことに驚いていて、ぜひ竣工パーティでお会いしたい、といってくれた。

子どものいる客は部屋を別にしているとかで、大勢の招待客でにぎわっている客間を素通りして、黒江についで二階にあがった。そこかしこに置かれたオブジェや、変わった形の窓など、やはり別荘というより美術館のようだ。

「けっこうすごいぞ」

黒江が耳打ちしてきて、何が、と訊き返す前に赤ん坊の泣き声と、幼児独特の甲高い笑い声が響いてきた。

「あんなにぎやかな竣工式、俺は初めてだった」

黒江が思い出したように笑いながら、こっち、と千里を誘導した。廊下にずらっと並んだドアのうち、一つが開けっ放しになっている。

入って行くと、広くモダンなリビングには、託児所か？　というほど赤ん坊と小さな子どもがいて、思わず「うわ」と声をあげてしまった。飾り棚や調度品はどれもアート感あふれるもので、本来は洗練された空間のはずなのに、マザーズバックや哺乳瓶、仕掛け絵本や知育おもちゃなどがものすごい存在感を放ってすべてをぶち壊している。

「あ、こんにちは」

ソファでみゃあみゃあ泣いている赤ん坊を抱いていた若い男が、千里と黒江に気づいて立ちあがった。

「朱羽さんですか？」

「あっ、はい。初めまして。Tアーキテクトの朱羽です」

社内報の写真で見ていたので、それが小野だとすぐにわかった。男性オメガにしては地味ではあるが、一般的には充分きれいな顔をしている。何より賢そうな黒い瞳が生き生きとしていて、千里は一目で好感を抱いた。同じグループ会社ではあるものの、彼が所属している会社の企画開発室は優秀な人材がそろっていることで有名だ。抑制剤の処方や休薬期間など、オメガにはハンデがあるはずなのに、小野はその上できちんと成果をあげ続けているらしい。

「冬至《とうじ》、ちょっとお願い」

そばにいるのが彼のパートナーだろう。ふわふわした髪に褐色《かっしょく》の瞳で、そしてかなり大柄だ。研究職だと聞いていたが、がっしりした身体つきをしていて、赤ん坊を二人抱いていても余裕だ。そして世話をし慣れているのはその抱きかたでわかった。

「ごめんね、だいじょうぶ？」

「ああ」

これが九十パーセント以上の適合率のカップルか、と千里はついつい観察してしまった。小野は動きやすそうな素材ではあるもののちゃんとジャケットを着用しているのに、相手のアルファはなんとつなぎ姿だ。野性的な容貌には似合っているし、オーナーの息子という立場なら許されるのかもしれないが、それにしてもあんまりなのでは、とちょっと驚いた。ただしさすがにアルファらしい風格があり、子どもと自分のパートナーを見る目には愛情が溢れていて、千里はなるほどなあ、と妙に納得してしまった。

「はるま、にーなちゃん、おきたの？　はるなちゃん、みるくのむの？」

奥のほうで眼鏡の男と体操のようなことをして遊んでいた女の子が、小走りで近寄って来た。

「小夏《こなつ》、新菜《にいな》ちゃんと早菜《はるな》ちゃんはまだ小さいから、風花《ふうか》の赤ちゃんにミルクあげよっか」

眼鏡の男がうしろから追いかけてきて女の子をひょいと抱きあげた。その足元にはもう一人、おむつでおしりのふくらんだ男の子もいる。

「やだ、あっちのおじちゃんこわいもん」

「清明《きよあき》、小夏ちゃんに嫌われてるよ」

窓際で一歳くらいの子どもをあやしている目の覚めるような美形がからかうようにいった。椅子に座って電話をしていたいかめしい顔の男が「ん？」と女の子のほうを見て苦笑いし、モバイルをしまうと「代わろう」と手を差し出して子どもを抱きとった。双子を両腕に抱いた小野のパートナーは女の子に双子を見せている。美形のほうの子どもが目を覚まして泣きだし、眼鏡の男は幼児に抱っこをせがまれ、双子がみゃうみゃうと騒ぎだした。ものすごいパワーだ。

「育児サークルみたいでしょう」

圧倒されている千里に、小野がくすっと笑ってジャケットの内ポケットから名刺を出した。

「小野春間です」

改めて、というように名乗られて、千里も急いで名刺を渡した。黒江が「じゃあ、俺はちょっと向こうに行ってくる」と耳打ちしてその場を去った。

「今日はずうずうしくお邪魔しまして、すみません」

「とんでもないです。こちらこそ竣工記念パーティとかいいつつ、完全に内輪の集まりで驚かれたんじゃないですか?」

「小さいお子さんがこんなにいっぱいいるのは知らなかったのでびっくりしましたけど、でも賑やかでいいですね」

小野の双子は想定内だが、よちよち歩きの幼児と少し年長の女の子、それにものすごい存在感の美形とどっしりした男もかわるがわる小さな子どもをあやしていて、それには正直驚いていた。

「あの、小野さん。あのかたはもしかして…」

ずっと気になっていたので、千里は声を落として美形を目で示した。ラフに下ろした髪と紺のセットアップというカジュアルな格好をしているが、それでもあの美貌には見覚えがある。

「フウカさんです。ご存じじゃないですか？」

「あ、やっぱり！　モデルのフウカさんですよね？」

「そうですそうです」

フウカは男性オメガを公表したことで一時話題になった、世界的なスーパーモデルだ。あのくらいになれば男性オメガであることもプラスになるよなあ、と羨ましく思ったものだ。

「で、あっちの眼鏡が僕とパートナーの高校時代からの友人で、風花さんはそのお兄さんにあたるんです。みんな普段から親しくしてるんで、今日は竣工記念パーティにかこつけて会おうかってことになったもので…」

「じゃあよけいに僕なんかが割り込んでしまって申し訳なかったです」

「いえいえ。こんな機会がないとなかなかお話する機会もなかったですし、よかったですよ」

小野がパートナーの男に何かいって、「ちょっとお話しましょう」と千里の先に立って部屋を出た。

「あの、お聞きになってると思いますが、僕も小野さんと同じ属性なんです。社内報で小野さんが属性をオープンにされたのを知って、こんな身近に同じ男性オメガの人がいたのかって本当に驚きました」

「僕もです。僕は冬至…さっきのパートナーとは高校の入学式で偶然出会って、そのまま伴侶登録したんです。ですからバースセンターにも最低限しか通ってないですし、風花さん以外のオメガともぜんぜん知り合う機会がなかったんです」

話しながら廊下の一番端まできて、そこにあった椅子に二人で座った。大きな窓から明るい陽射しがいっぱいに入ってくる。

「そんなレアケースが本当にあるんですね」

成婚してえ、とうめくようにいっていた黒江を思い出して、なんとなくため息が出た。

小野が困ったように笑った。

「僕は逆にマッチングとかクラブとか、そういうのをまったく知らないんで、自分たちがどんなに珍しいケースかってあんまりピンとこないんですけどね」

「はあ、そうなんですね」

「僕は子どもを持つにあたって属性をオープンにしたんですけど、朱羽さんはそういうご予定があるんですか？」

「いえ。残念ながら僕はパートナーもいないですし、今のところマッチングする気もないんで、しばらく現状維持ですね。小野さんはもう仕事復帰されてるんですか？」

男性オメガの場合、受胎したあと早い段階で胎内から取り出して人工保育に切り替わるので、身体への負担は少ないが、それでも双子を育てながらの仕事は大変そうだ。

「実は僕らは彼のほうがキャリアを中断してるんです」

小野が打ち明けるようにいった。

「ええっ、そうなんですか？」

びっくりして、失礼なくらい声が大きくなった。

「す、すみません」

慌てて謝ると、小野は「いえいえ」と苦笑した。

「正直、アルファが育児のためにキャリアを中断するなんてありえないと僕も思います。もちろんシッターも雇ってますし、週に何回かはラボに呼ばれて行ってるんですけど、冬至はもう少し子どもたちが成長するまで自分がメインで育てたいっていうし、僕は仕事が好きなんです。悩んだんですけど、僕らはもとからあらゆる意味でレアケースなんだし、こうなったら誰がなんといおうと自分たちの思うように生きようって話し合って決めました」

「…そうなんですか…」

驚いたが、小野の「自分たちの思うように生きようと決めた」という言葉に、自分の属性に負けない、という強い意思を感じて、千里は思いがけず胸を打たれた。

「風花さんたちは風花さんのほうが子育てに目覚めちゃって、仕事そっちのけですごい英才教育してますけどね」

「パートナーのかたって、モデル事務所の社長さんでしたっけ」

「そうですそうです。今事業拡大しててお忙しいので、僕も清明さんにお会いするの久しぶりなんですけど、あそこは風花さんがめちゃくちゃ強いんですよ。外では人の話なんかぜんぜん聞かないものすごいワンマン社長みたいなんですけど、風花さんにはまったく勝てないみたいで」

小野がおかしそうに笑った。マフィアの親玉のような風貌を思い出し、あの人が？　と意外に思ったが、小野のパートナーもどう見ても小野にベタ惚れだったし、成婚したいと渇望している黒江の将来も、今から見えるようだ。アルファえらく弱いな…と思うと笑ってしまう。

「アルファのすべてはオメガのために、ってことわざあるじゃないですか」

ふと思いついて口にすると、小野が「ありますね」と笑った。

「あれってちょっと僕らに失礼ですよね?」

「ですね。でも僕のパートナーはアルファに失礼だって怒ってましたよ」

「どうしてですか?」

「オメガのいないアルファはからっぽだってことだろ、って」

「——ああ…なるほど」

さみしいじゃん、とぼやいていた黒江の顔がまた浮かんだ。同時に自分の好きな人のことも考えてしまう。

「僕はあのことわざ、オメガの相手は必ずアルファって前提が気に食わないです。そんなの勝手に決められたくない」

千里の発言に、今度は小野が目を丸くした。

「確かに、そういわれたらそうですね」

「でしょう?」

「いわれないと気づかないものですね。他人の偏見には文句いうのに、自分の偏見って気づくのが難しい。ほんとそうだ」

小野と一緒に笑いながら、千里は何かが自分の中で吹っ切れるのを感じた。

白根沢を慕う気持ちを、もっと大事にしてもいいんじゃないか。

絶対無理だというのだって決めつけだ。もしかしたらの希望を大事にしたっていいはずだ。

そのあと一般人と婚約したという幼馴染みのアルファを黒江に紹介してもらい、千里は「白根沢先生を最初から諦めるのは止めよう」と決めた。

黒江の幼馴染みだというその人は、どこか白根沢と雰囲気が似ていた。穏やかで笑うと目じりに優しいしわができる。婚約者もおっとりした女性で、決して美人ではないが落ち着いたたたずまいが芯の強さを感じさせた。

「今日、招んでくれてありがとうございました」

人でにぎわう客間を出て、黒江の壁面装飾を見るために二人で正面玄関のほうに向かいながら、千里は黒江にお礼をいった。

「なんだかすごく気持ちがすっきりしました」

「そうか？」

「あ、すごい」

別荘の正面玄関から緩い弧を描くスロープに沿って歩き、「こっから見える」と合図されて見ると、建物の側面に模様が浮かびあがっていた。複数の人物の横顔だ。リアルな造作ではなく、デザイン化されたさまざまな人種の横顔が左右対象に向き合っている。

「面白いデザインですね」

「角度によって違う顔に見えるだろ?」

歩いていると建物の横に回り込む形になり、それにつれて憂いの表情を浮かべていた人物たちが徐々に喜び合っているように変化した。

「本当だ!」

「高さによっても違うんだ」

「え? あ!」

黒江が軽くしゃがんだので千里も真似をしてかがんでみると、さっきは若々しく見えた人たちが急に初老の人々に見えてびっくりした。

「じゃあ背が低い人と高い人で別の絵に見えるってことですか? うわぁ…」

「それもだけど、小さい子が成長して背が伸びると、自然に違って見える」

「ああ、なるほど…すごいな。どういう仕掛けでこうなってるんですか?」

「企業秘密だな」

「まあ教えてもらってもわかんないですけどね——ってこれ前も同じ会話しましたね」

千里が笑うと、黒江も笑った。

「同じものなのに、角度によって違って見えるし、その人の背の高さによっても違う…」

さっき小野と話していたときに何気なく口にした「自分の偏見には気づきにくい」という言葉をふと思い出した。

自分の属性について一番決めつけをしていたのは、もしかしたら自分なのかもしれない。

……一歩踏み出せば、違うものが見えるのだろうか。

「黒江さんの幼馴染みのかた、ちょっと白根沢先生に似てましたね」

「北斗が？　そうかな」

「穏やかで、でも内に秘めてるものがあって、素敵です」

黒江がちらっと千里のほうを見た。

「白根沢先生のこと、諦めるのはよそうと思うんです」

いいながら千里は背伸びをした。壁面の顔がそれぞれいかめしくなった。かがむと慈みがにじんで、本当に不思議だ。どこかポップで面白みがあり、黒江の人柄が滲んでいるような気がする。

「好きでいるのは自由だし、無理に忘れる必要ないですよね？」

いつの間にか日が傾き、夕暮れの空に飛行機雲が一筋、金色に輝いている。

「そうだな。誰を好きになっても、個人の自由だ」

黒江も自分の作品に向かって身体の位置を変えている。

「——人を好きになるのは、いいよな」

黒江が妙に実感のこもった声で呟いた。千里は横目で黒江を見た。

彼が好きになる人——伴侶は、どんな人だろう、と想像してみる。

身近にいるオメガを何人か思い浮かべてみたが、あまりしっくりこなかった。ふとクラブでオメガの視線を集めていた黒江を思い出し、今もクラブに通ってるのかなと考えて、千里はなんとなく不愉快になった。彼がオメガに強烈にもてることを思い出すと、幼稚な嫉妬心が頭をもたげてくる。

「…マッチングの申し込みは、取り消そうかと思ってる」

黒江が唐突にいった。

「えっ、どうしてですか？」

まるで内心を読まれたような発言にびっくりして黒江を見あげると、黒江は「今、いろいろ立て込んでるから」と珍しく歯切れ悪く答えた。仕事の調整などあとからいくらでもつきそうなものだが、クリエイターとはそんなものなのか。

「クラブは？　行ってます？」

「そんな暇もねえよ」

千里が気になっていたことを訊くと、黒江はつまらなさそうに答えた。行ってないんだ、と千里は現金なほど気持ちが明るくなった。

「枯れてますね」

「カラカラだ」

あはは、と笑いながら、千里はすっかり自分が黒江に心を許しているのを感じた。黒江といるのは心地いい。

こんなに仲良くなったから、黒江に伴侶ができたり誰かと親密になるのが面白くないと思ってるんだな、と自分のつまらない独占欲に気がついて、千里は恥ずかしくなった。

「それじゃ黒江さんが落ち着いて成婚したら、俺、お祝いしますから。楽しみにしててください」

黒江は小さく笑ったが、それには返事をせず、代わりに「一枚、いいか?」といつものように千里の写真を一枚撮った。

7

先生のことを最初から諦めるのはよそう、と決めてから、千里は前向きにアプローチしようと行動した。

以前は見ているだけだったクリエイターチャンネルに実名で登録して、新しい動画がアップされるたびにコメントを残し、個人的にも感想のメッセージを送った。白根沢からもときどき返信がきて、千里はもっと早くこうしていればよかった、と嬉しさを噛みしめた。

「白根沢先生、お忙しいのにわざわざ俺のコメントに返事をくれるんですよ。申し訳ないけど、嬉しくて」

そんなふうに黒江にいちいち報告するようになったのは、すっかり気心の知れた友人関係に落ち着いたからだ。黒江は壁面装飾の仕事が各方面で評判になって忙しそうだが、週に一度は「飲みに行こうぜ」と誘ってくる。

密室だとお互いの匂いがこもるので、たいていはショッピングがてら繁華街をぶらっとして、ガーデンテラスや開放的なレストランで食事をする。碧には「本当にアルファと友達になっちゃったんだね」と驚かれたが、千里自身はとくに違和感はなかった。態度がどこか尊大なのを除けば、黒江はむしろつき合いやすい相手だ。自分の属性を隠す必要もないし、白根沢の話をいくらでもできる。ただし最近は「あんた先生先生ってそれしか話ねえのかよ」とぼやかれるようになった。

その日はお互いオフで、昼からオープンテラスのカフェでシャンパンを飲んでいた。

「だって他に黒江さんと何話すんですか」

しれっといってやると、黒江はむっと眉を寄せた。

「いろいろあんだろ、仕事のこととか、家族のこととか」

「家族っていっても、もうしばらく会ってないしなあ」

「実家、遠いのか？」

「そうですね、心理的に」

千里の返事に、黒江は怪訝そうな顔になった。

「疎遠なんですよ。別に何があったってわけじゃないんですけど」

アルファと違ってオメガの出生には遺伝的要素がない。出生時検査で自分の子どもが特殊バース性だと知って混乱する親は多いし、それが男性オメガならなおさらだ。受け入れられないという気持ちを、今では千里も頭では理解している。

「肉親と性的なものって相性悪いじゃないですか。けどオメガって物理的に発情期がきちゃうから、家族にしたっていたたまれないですよね。部屋に閉じこもってても、中で何してるのかなんかわかりきってるし、すごい匂いさせてるし」

発情期が来るたびに二つ上の兄は友達の家に泊まりに行き、両親は息を殺すようにして過ごしていた。申し訳ないのと恥ずかしいのとで、千里自身も辛かった。

だから高校からは一人暮らしをした。あからさまにほっとしている家族に内心かなり傷ついて、実家に足が向かなくなった。たまに連絡は取り合っているが、ここ数年は家族に会っていない。

幸い千里は人づき合いが得意だったし、友人にも恵まれた。バースセンターの手厚いメンタルサポートもあって、今まで深刻な心理状態に陥ったことはない。でも、いつもどこか薄曇りの気分ではいた。

「家族が一般人だと、確かにそのへん微妙だな」

千里がかいつまんで話すと、黒江は驚いた顔で聞いていたが、同情するようにいった。

「黒江さんの家は？」

「うちは学者の家系だから、なんか変なことやって苦労してんなって感じだな」

一般的には充分成功しているように思えるが、アルファは三十もすぎればどこの分野でも第一人者になっているものだ。「途中までは俺もそっちだった」という分野にいれば、黒江も今頃は相当の地位にいたはずだ。

「もったいないっていわれませんか」

「聞き飽きてる」

「でしょうね」

うんざりした口調がおかしくて笑うと、黒江も笑った。

「得意なことと好きなことが別だったんだ、俺の場合。しょうがねえだろ」

得意なことと好きなことが別だった、という言葉に、千里は目を見開いた。

「それ混同しますね、確かに」

ちゃんと分けて考えられて、かつ自分のしたいことを選ぶのが黒江らしい。

「俺は黒江さんみたいにしたいことが明確にあるわけじゃないから、ずっと自分がぼやっとしてたんですよね。でも白根沢先生を好きになって、ちょっと変わった気がするんです」

だから、先生を好きになってよかった。

黒江はそれについては何もいわなかったが、千里を見つめてほんの少し眉をあげた。

「俺は、あんたと知り合えてよかったよ」

唐突にそんなことをいわれて、千里はびっくりした。

「相変わらずですね」

「何が？」

「率直で」

照れくさくて混ぜ返すようにいうと「悪いか？」とむっとされた。

「別に、悪くないですよ。俺も黒江さんとこんなふうに話せるようになってよかったと思ってますし」

黒江に倣って思ったままをいうと、今度は黒江のほうが照れて目を逸らした。

「何照れてるんですか」

「別に」

「照れてるでしょ」

「照れてない」

どうでもいいことをいい合って、変なの、と笑ったら、やっぱり黒江もつられて笑った。

黒江は笑うと目じりが下がって、少しだけ子どもっぽくなる。千里はひそかに黒江の笑った顔が好きになっていた。とっつきにくい印象を与えるのはアルファ特有のあたりを睥睨《へいげい》するような目つきや独特のオーラのせいだが、笑うとそれが軽減される。

一般人とうまくやりたいならもっと笑えばいいのに、と思う一方で、「俺の前でそんなに笑うのはあんたくらいだ」といっていた黒江を、このまま独占していたい気もする。

いつの間にか千里の中で、黒江はそんな存在になっていた。

そんなふうにしてひと月ほどが過ぎ、アートフォーラムのチケットが白根沢から送られて来たのは、そろそろ雨の季節が始まるころだった。

アートフォーラムは年に二回ほど開催されるクリエイター向けのセミナーで、「いつも僕の活動に興味をもってくださるのでお送りします。ご都合が合うようでしたらぜひ顔を見せに来てください」と手書きのメモまで添えられていた。

嬉しくて嬉しくて、千里は何度もそのメモを手に取って「顔を見せに来てください」という文字をしみじみ眺めた。

社交辞令でもこんなことをいってもらえるようになった。

最初から諦めないで、本当によかった。

告白するような勇気はないが、少しずつでも気持ちが伝わればいい。そしていつか、先生にも好きになってもらえたら。

いそいそとフォーラムに参加し、講演終了後、千里は持参したショコラボックスを渡そうと白根沢の控え室に足を運んだ。

「実は、先日入籍いたしまして」

そして白根沢がスタッフに結婚の報告をしているところに行き合わせてしまった。


タクシーを降りると、雨がひどくなっていた。千里は急いで折り畳み傘を開いた。光りの加減で銀にも青にも見える凝った織の傘は、雨粒を虹色に跳ねさせる。

そういえばこの傘を初めて使った日に黒江と出会ったんだったな、とぼんやり思い出しながら千里は門扉の横にあるインターフォンを押した。待ち構えていたように「はい」と応答があった。

「黒江さん、朱羽です」

ひどい精神状態で、ここ一週間ほど充分眠れていない。そのせいで声も掠れ気味だ。同僚には風邪が長引いてて、と取り繕っていたが、黒江にはそんないい訳をしなくてもいいのがありがたかった。

あの日、白根沢の控え室で衝撃的な事実を知り、そのあとどうやって家に帰ったのか、千里はよく覚えていない。気づくと自宅のベッドに座って、黒江に電話をかけていた。先生が結婚するって知っていましたか、と唐突に訊くと、黒江もひどく驚いていた。いろいろ何かいわれた気がしたが、ぼんやりしてしまっていて、それもよく覚えていない。急に疲れてしまい、千里は「すみません、寝ます」とまた唐突に通話を切って、本当にそのままこんこんと眠った。朝になってものすごい数のメッセージや着信が黒江から来ているのに驚き、ひとまず「大丈夫です、また連絡します」と返した。でもぜんぜん大丈夫じゃなかった。

こんなときに家に閉じこもるのだけはぜったいにだめだと経験で知っていたから、なんとか会社には行って、普段どおりに振る舞った。でも必死でやりすごした三日目に、アートグループのメーリングリストで「白根沢先生のご入籍について」というタイトルが回って来たのを見た瞬間、涙が止まらなくなった。黒江からはひっきりなしにメッセージが来ていて、千里は一番新しいメッセージに「週末、家に行ってもいいですか」と助けを求めた。まるで待ち構えていたように「今からでもいいぞ」と返ってきて、それを見た瞬間気が緩み、千里はもう我慢せずにわんわん泣いた。

なんとか週末まで持ちこたえられたのは、完全に黒江のおかげだ。

「大丈夫か」

家の玄関から出てきた黒江は、小走りで門扉のところまで来て「入れ」と千里を招き入れた。

「黒江さん、この傘いいでしょ」

「うん？」

あまりにショックなことがあると、心が防御しようとして、へんに明るく振る舞ってしまうことがある。この一週間でだいぶ落ち着いたが、まだ白根沢のことは考えないように必死だし、気づくとぼうっとしてしまっている。

「ほら、きれいな色になる」

雨粒をぽろぽろ転げ落として見せると、黒江は「ああ」とわずかに顎を引いた。

「…あんたが好きそうだ」

今年は梅雨《つゆ》が長いらしいから、この傘はきっと活躍する。

「タオルいるか？」

「だいじょうぶです」

一度だけ訪れたことのある黒江の家は、記憶のとおりで何も変わっていなかった。

「なんか食うか？」

心配そうに訊いてから、黒江は「食えるか？」といい換えた。

この一週間、まともなものを食べていない。スーツより私服のほうがやつれ具合がはっきりわかるらしく、一昨日《おととい》の夜、碧とビデオチャットをしたときにも「話は今度いくらでも聞くから今すぐなんか口に入れて。そんで安眠剤飲んでまずは寝てよ」と懇願するようにいわれた。

「黒江さんのコーヒー飲みたい」

今日は朝から気温が低く、温かいものが欲しかった。

「先になんか食えよ」

黒江が食品庫からホテルスープの缶詰を出した。今日も換気のためにリビングの窓はいっぱいに開けられている。庇《ひさし》が深くて雨は濡れ縁の端を黒くしているだけだ。さーっと庭木に降り注ぐ雨の音が少しだけ気持ちを慰めてくれた。

「…大丈夫か」

小さな鍋にスープを移しながら、黒江が訊いた。

「黒江さんは、先生のご結婚、いつから知ってたんですか」

なんどかメッセージのやりとりはしていたが、白根沢の名前を出すのも辛くて、気になりながらも確かめていなかった。

鍋をコンロにかけていた黒江がこっちを見た。

「あんたから聞くまで知らなかった」

「それまでは？　ぜんぜん知らなかった？」

黒江がむっとした。

「知るわけねえだろ。恋人がいるとかも知らなかったよ」

黒江がそういう隠し事のできる性格ではないことはわかっていたが、ちゃんと本人の口から聞いて、そこにはほっとした。

今までも白根沢に恋人やパートナーがいるのかどうか気になってはいたが、白根沢はプライベートなことは口にしない人だったし、千里も強引に聞きだしたり、周囲を嗅ぎまわるようなことはしなかった。古いマンションで猫と暮らしている、と偶然誰かから聞いたときも「海外のお仕事も多いのにな」と思ったけれど、留守のときの猫の世話を誰に頼むのかまでは考えないことにしていた。

「俺も驚いた」

黒江がぽつりといった。

メーリングリストでの一報は白根沢先生が籍を入れられた、という事実のみだったが、すぐ追いかけるように「相手の女性が妊娠していて来年早々に出産予定、お祝いなどの相談がしたい」という青井からの一斉メールが届いた。

アートグループのメンバーたちも寝耳に水だったようだが、純粋に喜んでいる彼らとはやりとりをすることも困難で、千里は体調不良ということにして結婚祝いのあれこれの連絡はとりあえずスルーしている。

「熱いからな」

「ありがとうございます」

スープの入ったカップと小さめにカットしたバゲットがウッドスプーンを添えて出された。

「無理しなくていいぞ」

千里がバゲットをスープに浸して口に入れると、黒江が気遣わしげにいった。かりかりしたバゲッドの触感とスープの優しい味に、よかった、ちゃんと美味しい、と思ったら、今度は急に鼻の奥がつんと痛くなった。

「すみません、ティッシュください」

黒江にはなぜか平気で泣き顔をさらせた。

「泣くか食うか、どっちかにしろよ」

ボックスごと渡されて、千里は泣くほうを選んだ。

ぼろぼろ涙が溢れ、嗚咽《おえつ》が漏れた。

「俺、ここにいていいのか」

黒江が困惑と同情のまざった声で訊いた。

「あれだったら俺は二階に…」

「いてください。一人で泣くのはもう飽きたから」

ひざにスープとバゲットの乗ったトレイを置いたまま、千里は次々にティッシュを引き抜いて泣いた。

せめて白根沢に恋人がいることを知っていたら。いきなり子どもができて結婚する、と知らされて、弾丸が何発も同時に発射されたみたいで受け止めきれなかった。

「先生が結婚した人って、どんな人なんですか?」

今までがんとして耳に入れないようにしていた情報を、黒江に訊いたのは、黒江を通してなら受け入れられそうな気がしたからだった。彼女もクリエイターだということだけは聞いていて、それなら黒江が知らないはずがない。

「古典アートやってる人だってくらいしか知らねえな。なんかのパーティで会ったことあるかもしれないけど、覚えてない」

「俺に気を遣ってないですか?」

「ねーよ。名前聞いても思い出せなかった」

「きれいな人かな」

「……」

「優しい人かな」

「朱羽…」

いたわるような、たしなめるような声に、千里は顔をあげた。黒江は千里のことをいつもは「あんた」と呼ぶ。どう呼ぼうかと迷った気配がして、結局「朱羽」にしたのがわかって、その迷いがなんとなくおかしかった。ティッシュを目のところに置いたまま「ふふ」と笑ったら、黒江が「なんだ」と不服そうな、でもちょっとほっとしたような声を出した。

「寒いですね」

ほんのわずかだが気持ちが落ち着いて、千里はひんやりした空気にシャツの襟もとをかき合わせた。

雨が強くなり、風が出てきた。千里が自分の身体を抱くようにすると、黒江はリビングの大きな掃きだし窓を閉めた。雨音が小さくなり、冷たい空気がシャットアウトされる。

「なんか上、羽織るか」

いいながら、自分の着ていた長袖のシャツを脱いだ。

「黒江さんは寒くないですか？」

「あとで上着取ってくる。コーヒー飲むだろ？」

「ありがとうございます」

黒江の体温の残るシャツを借りて、冷えてしまったスープバゲットをもう一口食べた。

黒江がキッチンで湯を沸かし始めた。いつもコーヒーはハンドドリップで淹れてくれる。

千里はソファの上で膝を抱えた。このまま眠って、起きたら白根沢のことを忘れてしまっていたらどんなにいいだろう。目を閉じてソファに埋もれるようにすると、頭が重くてたまらなくなった。

コーヒーの香りが漂ってきて、黒江がソファの前のテーブルにマグカップを置いた。

「ありがとう」

手を伸ばしたら、黒江が置き場所を変えようともう一度マグの取っ手に触れていたのとぶつかった。

ほんのわずかな感触だったのに、指と指が触れた瞬間、ふわっと黒江の匂いが立ちあがった。フェロモンを意識した瞬間、肩にかけていた黒江のシャツからも同じ匂いがしてぞわっと身体中が総毛だった。

反射的に顔をあげると、黒江とまともに視線が合った。大きく目を瞠った黒江の眸《ひとみ》に、自分の顔が映っている。

「……」

瞳孔が開いていくのがわかった。じわりと体温があがって汗がにじむ。甘い、濃密な発情の匂いが立ちこめて、千里はどきりとした。

「――すみません……なんか…」

精神的なショックで身体の周期が狂うことはよくある。今日、黒江の家に行くことになって、千里は黒江の匂いに誘発されないように、予防的に使う弱い抑制薬を飲んできた。

「ちゃんと薬が効いてないみたいで」

さっき窓を閉めてもらったのもよくなかった。

モバイルに入れて携帯している即効性の薬剤パッチを使おうとして、千里はボトムのバックポケットに入れていたモバイルを出そうとした。

「――」

ソファから腰を浮かせ、モバイルを引きだしただけなのに、背筋を甘い痺れが走った。身体の変化が速い。

変な声が洩れてしまいそうで、必死で歯を食いしばり、モバイルケースを開けた。スリットから薬剤パッチを出して銀のフィルムを剥がそうとしたが、焦っていてなかなか剥がれない。

「すみません、これ開けてくれますか？」

黒江に薄いパッチフィルムを渡すと、目を見開いて固まっていた黒江が、我に返ったように受け取った。

「ありがとう」

指先で擦るようにしてフィルムを剥がし、黒江は「どこに？」と訊いた。声がわずかに上ずっている。

「首」

いいながら千里は身体をひねって黒江に背中を向けた。首のうしろに直接貼れば、早ければ十秒ほどで薬効があらわれて発情が収まる。効き目が強いぶん副作用も大きく、ひどいときは嘔吐《おうと》してしまうこともあるが、とにかく今すぐ発情を止めたかった。

「ここに貼って…」

顔をうつむけて、千里は手で後ろの髪をかきあげた。黒江の指がシャツの襟をさげる。襟足が外気にさらされてひやっとした。その間にもどくどくと欲情がこみあげてくる。

早くしてほしいのに、なぜか背後の黒江がじっとしている。

「黒江さ――」

早く、と肩越しに黒江のほうを見ようとして、千里はぎょっと身体を竦ませた。首筋に濡れた感触がした。薬剤のひやっとした触感とは真反対の、熱くぬめった――舌と唇が押しあてられた感触だ。

「——な、……に、……」

背後の黒江も発作的にしてしまったのだとわかった。激しい葛藤が伝わってくる。千里はソファの背に額をつけて襲ってくる発情の波に耐えた。一度やりすごして、わずかな波間に逃げれば、なんとか——。

「あ、っ」

一度唇を離しかけていた黒江が、首を強く噛んだ。

そこを噛むのは大昔の番《つがい》の儀式で、「噛まれたオメガは噛んだアルファのものになる」という誓約の証だった。オメガは首の後ろが敏感なことが多いので、そういう儀式が考案されたのだろう。

そして千里にとっても、そこは性感帯だった。

「あ、あ——」

自分でもぎょっとするような甘ったるい声に、我慢しきれない、というように黒江がさらに強く噛んだ。首筋から背中に甘い戦慄が降りていく。

「い、や——あ、や……っ、あ、あ……」

肩をつかまれて、強引に身体の向きを変えられた。押さえつけられ、キスされる。口の中に舌が入ってきた。無理やり舌を捉えられ、めちゃくちゃに吸われた。

唾液が唇を濡らし、身体中から力が抜ける。

「いや…」

抵抗したいのに、抵抗できない。せめて弱く首を振った。

「いや、だ」

黒江が唇を離し、すぐまた角度を変えてキスしてきた。

「あ」

逃げようとした千里を、強い腕が引き戻し、今度こそ明確に意思をもって黒江がのしかかってきた。

「黒江さ…」

目が合って、千里は絶望した。黒江の自分を見る目は、完全にアルファのものだった。

抵抗を許さない傲然《ごうぜん》とした支配者の目つきに、力が抜けた。嫌だと思っているのに、身体がいうことをきかない。むしろ身体はアルファの匂いに興奮して、犯してもらいたがっている。

「嫌だっ…って、…離し…」

黒江が楽々と抵抗を封じ、さらにキスをしてきた。歯を食いしばって顔を反らせたが、大きな手が顎を掴んだ。

「口開けろ」

興奮した声が耳を打つ。嫌だ、と思うのに、命令されることに悦ぶオメガが身体の中で起きあがる。勝手に唇が開き、今度は自分から舌を差し出した。

もうだめだ。

舌を絡め合い、指を絡め合って、身体の熱が爆発的に膨れあがった。

「はあ、あ、っ…は…っ」

激しいキスに息が続かず、ようやく黒江が唇を離した。薄く目を開くと、黒江が上から見下ろしていた。いつの間にかソファに押しつけられて、千里はもう半分服を脱がされていた。

止めて、といいたいのに声が出ない。出てくるのは相手を煽るような甘い吐息だけだ。

「――ん…ぅ……」

再び黒江が覆いかぶさって来た。自分でも嫌になるような甘い声が洩れる。

「朱羽」

黒江の声にはっと目を開いた。支配しようとするアルファのまなざしの中に、懇願がにじんでいる。

「いやだ」

「朱羽」

「嫌だ」

もう発情してしまって自分では止められない。黒江に触れられるところがぜんぶ性感帯になってしまう。嫌だ、ということしかできず、脱がされても抵抗できない。

「いや…だ、あ、…」

ボトムを下ろされて、千里はぎゅっと目をつぶった。濡れた布地がこすれ、強い匂いがする。だらだらと精液が洩れ始めていて、黒江がごくりと唾を飲みこんだ。そのまま引きはがすように服をぜんぶ脱がされた。

「――……あ、あ、ん……」

両膝をつかんで開かされ、さらに膝の裏側を押しあげられた。

「止め――やめ、て」

全裸で、もう開ききった身体をさらして、今さらそんなことをいっても無駄だとわかっていたが、千里はなんとか逃げたくて首を振った。

「――う、ぁ、……あ」

耳の下から首を甘噛みされ、乳首に唇が吸いつく。交互に舐められ、吸われて、とうとう湧きあがってくる快感に抵抗できなくなった。もう本当に逃げられない。

黒江が起きあがって放り出すように服を脱いだ。濃いアルファの匂いが立ちのぼる。肌が汗ばみ、密着したところに熱が溜まって千里は身じろいだ。

「――……ん……」

キスに応えて唇が開き、手が彼の首や背中に回る。合意でしかない千里のその反応に、黒江の動きが性急になった。

指が中を確かめるように動く。緩んだ粘膜をかき回されて、千里は快感に腰を揺すった。

「はあ、は…っ、はあ、…あ、……」

もっと、もっと、と身体が疼きだし、息が甘く湿ってくる。

「――ん、ぅ、……っ、あ、……」

して、というのだけは嫌で、千里は必死で我慢した。でもいえと強要されたらきっといってしまう。

「千里」

黒江が耳たぶを噛んだ。痛みが快感になって、息が詰まった。

「――、…千里」

下の名前を呼ばれて、背中から腰に何かが駆け下りた。

中を探っていた指が引き抜かれ、代わりに熱い塊が押しつけられた。密着した肌が汗ばみ、呼吸が速くなる。身体が期待して待ち構えているのがわかった。

「千里――」

「あ、あ…っ、は……」

ぐっと押し入ってくる力強い感覚に、千里はきつく目を閉じてその快感を味わった。喉を汗が流れる。まだ開ききっていない奥を一息に貫かれ、一度引いて、それからまた。

「あっ、あっ、あ……っ、は、…っ」

一定のリズムで突かれ、揺さぶられて、いつのまにか自分もその卑猥な動きに合わせていた。気持ちがいい。どうしようもなく気持ちがいい。

「や…、嫌……」

感じてしまうのが辛い。

嫌なのに、セックスしたくないのに、男に深々と犯され、その快感にだらだら精液をこぼしている自分が嫌だ。

「う、う……っ」

「千里、千里」

どうして名前を呼ぶのか、押し返したいのに、キスを拒むこともできない。

「…ん…、はあ、…ッ、あ、あ……」

スピードがあがり、ぐちゃぐちゃと結合部が粘った音をたてる。黒江に足を抱えられ、さらに深く突き込まれた。

中が痙攣して、深いところから快感が突きあげてくる。波が押し寄せ、黒江が「千里」と荒い呼吸の中で呼んだ。

「千里、千里、——」

「あっ…」

耳もとに熱い息がかかり、黒江が中で大きく脈動するのがわかった。ほぼ同時に千里も頂点に達した。

「……」

朦朧としている千里の上に、黒江の身体が落ちてくる。

「千里」

どうして黒江が自分の名前を呼んでいるのか、なぜ愛おしそうに見つめて髪を撫でているのか理解できず、千里は混乱したまま息を切らして黒江を見返した。

「大丈夫か?」

いたわりの言葉が耳を素通りする。

「千里」

中に入ったままなのが嫌で、千里は黒江の腕をほどき、彼の身体の下から抜け出した。首筋に汗が流れ、太腿を精液が伝った。

「な、んで——嫌だって、いった、のに」

舌がうまく動かない。

ショックで、辛くて、やっとそれだけいうと、黒江の頬がこわばった。千里を見つめる眸にぐっと力がこもる。

「好きなんだ」

意味をちゃんと理解するのに、少しかかった。

「俺は、あんたが好きなんだ。こんなふうにするつもりじゃなかった。でも、本当に好きなんだ」

千里は黒江を見返した。

好き？　誰が、誰を？

驚きと混乱で、うまく頭が働かない。

「あんたが先生を好きなの知ってたから、いえなかった。俺はこの性格だからずっと黙ってるのは無理だとは思ってたけど、でも、でも本当にこんなふうにするつもりはなかったんだ」

黒江が激しく後悔しているのは伝わってきた。千里は動揺したまま黒江の顔を見返した。

「…シャワー、借りていいですか」

何をどうしていいのかわからず、ふらりと身体を起こすと、黒江が慌てたように手を差し出した。支えようとしてくれただけなのはわかったが、千里は反射的にそれを拒否した。黒江がはっと手を引っ込め、千里は慌てて「すみません」と謝った。黒江は小さく首を振った。

「本当に、俺が悪かった」

「……」

リビングのすぐ横にあったバスルームに案内してもらい、千里はそそくさとシャワーを使った。快感の余韻がまだ腰に残っていて、早く洗い流してしまいたかった。

どうしてこんなことになったんだろう、と足元に流れていく欲望の残滓《ざんし》をぼうっと眺めていると、ふいに黒江の声が耳に蘇った。

――好きだ、千里。

シャワーの雨の中で、千里は呆然《ぼうぜん》と目を見開いた。

好きだ、という言葉がようやくちゃんと意味を成して呑みこめた。

――好きだ。

黒江は、自分をそんなふうに見ていた。

好きで――抱きたい、と思っていた。

つまり、欲望の対象として見ていた。

千里はぶるっと身体を震わせた。

顔を見るなり「今日、暇？」と意味ありげに囁いてきた男たちの列に、黒江が加わった気がした。

「――なんで…」

自分の気持ちがみるみる固く閉じていくのがわかる。

黒江には本当に心を許していたのに。

自分でも目を逸らしていた心の傷を打ち明けてしまうくらい、信頼していたのに。

何より千里が自分の属性を受け入れられずに苦しんでいることを、黒江は知っているはずだ。

好きな人が結婚してショックを受けているのにも拘わらず、別の男に抱かれて喜びで感じてしまう自分の身体も嫌でたまらない。

ものの数分で浴室から出て、用意されていたタオルで全身を拭い、千里は裸のままリビングに戻った。

「もう出たのか。服は？」

黒江が戸惑ったように千里を見た。タオルと一緒に黒江のものらしいリラックスウェアが置いてあったが、触れもしなかった。

「それ、返してください」

黒江がソファの横に散らばっていた千里の服を拾いあげていた。

「でも」

「大丈夫です」

多少皺になっていても汚れていても構わない。千里は手早く服を着て、身じまいをした。一刻も早くここを出て、一人になりたい。

「コーヒーごちそうさまでした」

「千里？　待てよ」

「触らないでください！」

腕をつかまれそうになって、千里は今度は明確にその手を振り払った。

「なんで？」

「なんでって、――あなたは俺を強姦したでしょう？」

黒江が大きく目を見開いた。

「おまえも感じてたじゃないか、って？」

こみあげてくる強い感情をおさえつけて、千里は一度深呼吸した。

「感じましたよ。発情してたから。俺はオメガで、一度発情してしまったらアルファに抱いてもらわないとおさまりがつかない。でも俺は薬剤パッチを持ってたし、あなたとセックスする気はなかった。そう意思表示もしたはずです」

「けど」

黒江が焦ったように近づいて来ようとしたが、千里は来るな、と激しく目で牽制した。

「けど俺は、――あんたを好きになったんだ」

「自分が好きになったんだから抱くのは当然の権利だとでもいいたいんですか？」

思わずいった言葉に、自分で煽られた。黒江が顔色を変えた。

「そんなこと思ってない」

「じゃあなんで俺が発情したのにつけこむようなことしたんですか？　俺がオメガだからでしょう？　拒めないってわかってたからでしょう？　俺は黒江さんを信頼してたのに！」

黒江は呆然として立ち尽くしてる。

そうだ、結局この人はアルファだ。友達になれたつもりでいたのが滑稽《こっけい》だ。捕食者が非捕食者のことを理解できるわけがない。

できるのは、せいぜい同情だ。

「あれは嘘だったんですね。俺はオメガの気持ちを考えたことがなかった、もうあんなことしないって、あのときいったのは嘘だったんですね」

こみあげてくる屈辱に、千里は奥歯を噛みしめた。

「千里…」

「勝手に名前呼ばないでください」

裏切られた悲しみが今になって溢れてくる。

待てよ、とつかまれた腕を激しく振り払い、千里は黒江の家を飛び出した。

8

失恋の痛みに打ちのめされていたはずなのに、「許せない」という戦闘的な気持ちが千里に前を向かせた。

家に帰る途中で黒江の情報を自分のモバイルからぜんぶ消し、あらゆる連絡手段をシャットアウトした。

家につくと、アートグループの青井に体調が戻らないので白根沢の結婚祝いについてはすべて任せるとだけ連絡を入れ、勇気を振り絞って個人的なお祝いのメッセージを白根沢に送った。

——先生、ご結婚されるとのこと、おめでとうございます。突然のお話で驚きましたが、新しい門出が素晴らしいものになりますよう、お祈りいたします。

生の感情が一滴でも混じらないようにとテンプレートのメッセージを送り、あまりにビジネスライクだっただろうかと気にしていると、思いがけないほどすぐに白根沢から気さくなお礼の返信がきた。

——お祝いのメッセージをありがとうございました。人生何が起こるかわからないものですね。お言葉ありがたく頂戴しました。今後ともよろしくお願いいたします。

気が抜けて、千里はモバイルを手にしたまま、デスクチェアに腰を下ろした。

白根沢からのメッセージを三回読んで、「ちゃんと食べて、ちゃんと寝よう」と決めた。

白根沢先生のせいで身体を壊すのだけはだめだ。

ここ数日、開けてもいなかった冷蔵庫を開けて、チーズとハムを出し、食品棚からパスタを出した。黒江のことは徹底的に頭の中から追い出して湯を沸かし、いちばん簡単なパスタを作った。味がしなくてもとにかく食べて、睡眠導入剤を口に放り込むとベッドにもぐりこんだ。

――千里。

息苦しいような声が、ふいに耳に蘇った。

――あんたを好きになったんだ。

ぎゅっと奥歯を噛みしめて、千里は身体を小さく折り畳んだ。

発情してしまえば好きでもない相手にも感じてしまう自分の身体が、今さら疎ましい。それをつきつけてくるアルファが嫌いだ。黒江はわかってくれていると思っていた。信頼していた。

それを裏切られたことが辛い。

スパークリングワインの入った細長いグラスを全員に渡すと、おもむろに白根沢が立ちあがった。

「今日はわざわざ僕たちのために集まってくれて、ありがとうございます」

ハイカラーの白いシャツはきちんとプレスされていて、黒のトラウザースにも美しい折り目がついている。彼のパートナーは純白のワンピースだった。

「先生、おめでとうございます」

「おめでとうございます、お幸せに」

結婚報告を兼ねた食事会は、都内のギャラリーレストランで行われた。

朝からよく晴れて、初夏の日差しが天窓から差し込み、長テーブルのリネンやカトラリーを輝かせている。

白根沢の招待の形だが、企画はぜんぶグループメンバーが行うという変則的な食事会で、青井から「よければ朱羽さんも」と誘われたとき、千里は「部外者の自分が参加するのは」と一度は遠慮した。白根沢がパートナーと寄り添っているところを見たくなかったし、黒江に会う可能性のあるところには顔を出したくなかった。

あのあと、黒江はあらゆる手段で千里にコンタクトをとろうとしてきた。

碧は「クラブ行ったら黒江さんがエントランスのとこに立ってて、あたし見つけたらすごい勢いで来てさ、朱羽さんのお知り合いのかたですよね、どうにかして朱羽さんと連絡つけたいんですけどっていうからびっくりしたわよ。お願いしますって、アルファがあんなふうに人に頭下げてるの初めて見たから焦っちゃった」と驚いていたし、アートグループの青井からは「朱羽さん、少しごぶさたしています。体調はいかがですか？　実はここ数日、黒江さんからメンバー全員に朱羽さんと連絡をとりたいから伝言役をしてくれというメッセージが来ています。事情は話してくれないのですが、もしかして朱羽さんと何かトラブルがあったのではないかとメンバー全員心配しています。もし朱羽さんの体調と関係しているのでしたら僕らは朱羽さんのお力になりたいと考えていますので、一度ご連絡ください」というまるで黒江のパワハラを心配しているようなメールが来た。

碧にはざっくり事情を話し、青井にはちょっとした行き違いがあっただけなので心配しないでほしい、と返した。

家や会社にまで押しかけてきたらバースセンターに通報するつもりでいたが、さすがにそこまで黒江も常識外れなことはしなかった。

白根沢の選んだ女性と会うのも、黒江の顔を見るのも嫌だったが、自分の個人的な事情で他の人に変な影響を与えたくない。結局、食事会には出席することにした。

ギャラリースペースからレストランに入って行くと、白根沢とそのパートナーの女性が一番奥の席に並んで座り、その対面に黒江がすでに着席していた。

受付したときに示された千里の席は、黒江の隣だった。席順としては妥当で、予想もしていたが、みなが千里の反応を伺っているのを感じ、なんとなく緊張しながらテーブルに向かった。

「――お久しぶりです、黒江さん」

にこやかに挨拶をして黒江の隣に座ると、成り行きを見守っていた周囲にほっとした空気が流れた。

「相変わらずお忙しいんですか？」

黒江は身体を固くしていたが、千里が話しかけると焦ったように何かいいかけ、そしてやめた。千里が目で「許していない」ときつく牽制したからだ。

「天気がよくてよかったですね」

「…ああ、うん」

「渋滞に引っ掛かりそうで、ひやひやしました」

千里が表面上わだかまりなく黒江と接しているのを見て、周りも雑談に興じ始めた。

「話がしたい」

黒江が声を落としていった。千里はちらっと横目で黒江を見た。竣工式のときと同じスタンドカラーのスーツで、少し痩せたように見える。

「どうぞ」

「そうじゃなくて、このあと二人で…」

「すみません、それは無理です」

短く断ると、黒江は無言で引き下がった。肩が落ちて、わかりやすく落胆している。意地悪をしたようで、千里は内心気が咎《とが》めた。

ウェディングセレモニーは青井がグループメンバーを代表して祝辞を述べ、それを受ける形で白根沢が挨拶して簡単に終わった。堅苦しいことは何もしないと聞いていた通り、そのあとはすぐ食事会になった。ギャラリーレストランだけあって、テーブルセッティングから前菜の盛りつけまで、素晴らしくスタイリッシュだ。

「うわー、きれい」

楕円形の透明プレートに有頭海老が魚介の真ん中に盛りつけられていて、千里の右隣の女の子が声を弾ませた。

「食べるのもったいないですね」

何度か話をしたことのある明るい子で、次々に出てくる創意工夫の凝らされたフレンチにはしゃぐので、千里も一緒に食事を楽しもうと努力した。左隣の黒江は白根沢たちと会話していたが、常にこっちを気にしている。千里は話しかけたそうにしている黒江には気づかないふりをした。

白根沢とそのパートナーの女性のことも。

先生が選んだ女性がどんな人なのか、結局千里は黒江にあのとき聞いたことしか知らないままだった。今日も、どうしても彼女の顔を見る勇気が出なくて、まだ白根沢に小さく会釈しただけだ。その隣の女性の姿はできるだけ視界に入らないようにしていた。

　メインの皿が出る前の小休止のタイミングで、白根沢とパートナーが席を立って一番端から一人ずつに挨拶を始めた。千里はこっそり深呼吸をした。もう見ないふりでは済ませられない。

「…大丈夫か」

　黒江が心配そうに小声で訊いてきた。

「何がですか？」

　どきっとしたが、千里はとっさに意味がわからないふりをした。本当は、気持ち悪くなるほど緊張していた。白根沢が人生のパートナーに選んだ女性に、きちんと挨拶できるだろうか。

　おめでとうございます、という声がどんどん近づいてくる。

　隣の女の子が白根沢とパートナーに祝福の言葉をかけはじめ、千里はテーブルの下で両手をぐっと握った。お祝いの言葉をかけて笑顔をつくらないと、と思うと全身が心臓になったようで、失恋の痛手からまだ完全には立ち直れていないのだと思い知らされた。

「千…、朱羽、さん」

千里の前に、ソルベの皿が差し出された。びっくりして見ると、黒江の眸とまともに視線が合った。

「溶ける」

黒江が労わるようにいった。

「食べろよ」

千里は、柔らかくなったソルベをスプーンですくった。金色の小さなスプーンに、氷菓子が宝石のように光っている。

「……」

一口食べると、爽やかなミントとレモンの香りが口いっぱいに広がった。冷たい感触が喉を通る。ちゃんと味がわかり、心臓の異様なほどの高鳴りが少しだけ落ち着いた。

千里がソルベを食べたのを見届けると、黒江も前を向いて自分も氷菓子を一口食べた。

「朱羽さん、お忙しいのに、今日はどうもありがとうございます」

白根沢の柔らかな声に、千里は息を止めて二人のほうを見た。

「初めまして」

白根沢が選んだ女性が微笑んだ。

それまで、千里はずっと彼女の純白のワンピースの胸元から下しか見ていなかった。

ゆったりした腹部には、新しい命が宿っている。

「初めまして、朱羽です」

視線が合うのが怖かったのに、案外すんなりと目を合わせて挨拶ができた。

美人じゃない。洗練されてもいない。むしろ一生懸命今日のために巻いた髪や、し慣れていないメイクが彼女の野暮《やぼ》ったさを露呈《ろてい》している。くしゃくしゃのシャツとなんの変哲もない眼鏡をかけていてもどこかスマートな雰囲気をまとう白根沢とはぜんぜん違う。

でも彼女のヘアやメイクには、来てくれた人たちに対する精一杯の気持ちが溢れていた。

千里は胸の奥をえぐられるような痛みに耐えた。

「おめでとうございます」

醜《みにく》い嫉妬が胸を貫通し、そして消えた。

白根沢がいつもの穏やかな声で、妻になった女性を紹介した。千里も簡単な自己紹介をした。

「これからも主人をよろしくお願いします」

「こちらこそ。どうぞお幸せに」

精一杯の誠意をかきあつめて、千里は「主人」という言葉をやりすごし、笑顔を作った。

二人が隣の黒江のほうに移動し、千里はほっと肩から力を抜いた。

しばらくして元の席に着席した二人に、自然に拍手が起こる。白根沢が小声でパートナーに何か囁き、彼女も照れたように微笑んで何か返した。

先生の選んだ人は、感じのいい女性だ。

胸はまだ少し痛かったけれど、幸せな二人をまっすぐ見て、千里はちゃんと拍手することができた。

メインの皿が運ばれてきて、千里は鴨のローストもつけ合わせのガレットもぜんぶ食べたし、芸術的な盛りつけのデザートも堪能した。

青井が締めの挨拶をして、食事会はなごやかに終了した。

「朱羽さん、このあと何かご予定ありますか？　僕らこの近くに新しくできた店に飲みに行くんですけど、よかったらご一緒しませんか」

白根沢は妻の体調があるので、と早々に帰って行き、レストラン横のクロークで荷物を受け取っていると、青井に声をかけられた。

「そこ、最新式のヴォイスマシーンが入ってるらしいんですよ」

「そうですね…」

強い視線を感じて目をやると、思ったとおり、少し離れたギャラリーミュージアムの入り口で、黒江がこっちを見ていた。千里が一人になるのをじりじりしながら待っている。

「黒江さんもお誘いしてるんですか？」

千里が訊くと、青井がまさか、とびっくりしたように笑った。

「そんな、恐れ多いことしませんよ。っていうか、お誘いしても無駄でしょうし」

「あはは、でもあたし黒江さんのカラオケ、聴いてみたいな〜」

青井の横から、千里の隣の席だった女の子が口を挟んできた。

「何歌うんだろってとこから興味深々！　黒江さんがマイク持ってるとことか想像もつかないし。朱羽さん、誘ってみてくださいよ。朱羽さんが誘ったら来てくれるかもしれないし！」

「ちかちゃん、だめだよ」

「だって黒江さん、朱羽さんには弱いじゃないですかあ」

女の子は少し酔っぱらっているようで、たしなめる青井をうるさそうに遮った。

「この前も朱羽さんとどうしても連絡をとりたいってみんなにメールしてきて、黒江さんがあんなに必死になるのって朱羽さんにだけでしょー。だから朱羽さんが誘ったら来てくれますよ」

「すみません、ちかちゃん酔ってるみたいで」

「いえいえ」

困惑したが、この機会に一度はっきり黒江と話をしたほうがいいかもしれない、と千里は思い直した。それに、さっききちんと白根沢と挨拶することができたのは、どう考えても黒江のおかげだ。

「じゃあ僕がお誘いしてみます」

「えっ、いいんですか?」

「誘うだけ誘ってみますよ。みなさん先に行っててください」

店の場所だけモバイルに送ってもらい、千里は黒江に近づいた。

どう切り出そう、と緊張したが、黒江も明らかに緊張していた。この人でもこんな顔をするのか、と千里は内心少し驚いた。

「あの、さっきは、ありがとうございました。おかげで落ち着きました」

黒江はまぶしそうに千里を見つめた。

「これ」

黒江が差し出したのは、千里の折り畳み傘だった。あの日は雨が降っていて、これをさして黒江の家に行った。

「忘れて行っただろう」

「――すみません」

あのときのことを思い出すと、やはり腹が立つ。でも確実にその怒りのボルテージは下がっていた。黒江が後悔していること、心から謝罪したいと思っていることがわかるせいもある。

「少し、話せないか」

千里が傘を受け取ると、黒江がおそるおそる切り出した。

「この前は俺が悪かった。あんたの、――朱羽さんの気持ちを無視して…」

「その、朱羽さんっていうのは止めてください。なんかむずむずする」

「じゃあ、なんて呼べばいいんだ」

謝罪している場面でも、むっとするとそれが表情に出てしまう黒江に、千里はつい笑ってしまった。

「朱羽って苗字の呼び捨てでいいですよ」

黒江はいつも心の中で千里、と呼んでいるんだろうなと思うと、変な感じがした。

「本当に、俺が悪かった」

「――わかりました」

ため息をつきながら、千里は「許すかどうかは別ですよ」とつけ加えた。

「でも、謝りたいと思ってくれてることは、わかりました」

「うん」

黒江はそれでもほっとしたように肩から力を抜いた。

どちらからともなく並んで歩きだし、ギャラリーレストランを出ると、ぽつ、と小さな粒が耳のあたりをかすめた。見あげると重そうな雲がゆっくりと建物の上を動いている。さっきまで晴れていたのに、このごろ天候が不安定だ。

「傘持ってます?」

「いや」

まだ傘が必要なほどでもなく、道行く人も心なしか足を速めている程度だ。でもあたりの空気が湿っていて、降り出しそうな予感があった。千里は折り畳み傘のボタンを外した。

「――先生、幸せそうでしたね」

そんなことをいうつもりはなかったのに、一緒に歩きだして、気づくと口にしていた。

「きれいな人なのかなって思ってたけど、美人じゃなかったですね。髪巻くのも、お化粧も、下手だった」

白根沢の隣で緊張しながら笑顔をつくっていた人を思い出しながら、千里は自分の胸のうちを覗き込んだ。

「野暮ったかった。美人じゃなかった。可愛くもなかった。…でも優しそうだった。誠実そうだった。白根沢先生が幸せそうだった」

「せん…、朱羽」

「俺のこと、千里って呼んでるんですか？」

千里が見あげると、黒江はやや気まずそうにうなずいた。

「やめてくださいよ」

「いいだろ、心の中くらいは自由にさせてくれ」

「そうですよね、心の中は自由だから…だから勝手に先生のこと好きでいたんですけど。

さすがにふんぎりつきました」

まだ完全とはいえないが、もう後戻りはしないなという実感があった。そしてそれは確実に黒江のおかげだ。彼がいなかったら立ち直るのにはもっと時間がかかっただろうと思う。

雨が降り出した。

通り過ぎる車のヘッドライトの中でも銀色の雨がはっきりと線を描いている。千里は立ち止まって傘を開いた。

「きれいだな」

傘をさした千里を見て、黒江がぽつりといった。角度によって青にも銀にも発色して、雨粒を虹色に弾く。黒江の作品にちょっと似てるな、と思った。

「撮ってもいいか？」

千里の心を読んだように黒江がモバイルを出した。

「いいですよ。——傘、ないんでしょう？」

何枚か写真を撮ってモバイルをポケットに入れた黒江のほうに傘をさしかけた。

「俺はいい」

「降ってきましたよ」

「いい」

「自分だけ傘さして、隣歩けないですよ」

雨粒がぱらぱら落ちる。通り過ぎる車のヘッドライトを反射してきれいだ。黒江の頬にも虹を作っている。

「なあ」

一度足元に視線を落とし、黒江は顔をあげた。

「もう今度こそ絶対にあんなことはしない。だから、またときどき話したり、メシ食いに行ったりしたい。それ以上は求めない。約束する」

傘を弾く雨の音が大きくなった。黒江の肩にも雨粒が落ちている。

「……黒江さん、このあと何か用事ありますか?」

「ない」

黒江が食いつくように返事をした。

「何もない」

「じゃ、カラオケ行きませんか」

千里がいうと、黒江は「は?」と目を見開いた。

「カラオケ…?」

その日本語の意味はなんだっけ、というように瞬きをしている。

「青井さんたちに誘われたんです。この先に新しくヴォイスマシーン入れた店ができたそうですよ」

「……」

「もうあなたと二人きりでは会いません。でも青井さんたちに黒江さんをお誘いしてほしいって頼まれたので」

ぽかんとしているのがおかしくて、意地悪をしたい気持ちもあって、千里はわざと無邪気を装って「行きましょうよ」と重ねて誘った。

「いつも何歌うんですか?」

「いつもって、――歌ったことなんかない」

黒江が困惑したように眉を寄せた。

「ないんですか？」

「ない」

「一回も？」

「俺の記憶の中ではない」

真面目に考えて答え、黒江は小さく唸った。

「どうしますか？」

む、と眉を寄せたが、千里がもう一度傘を差しかけると、今度は誘惑に負けたように入って来た。

「俺が持つ」

黒江のほうがだいぶ背が高いので、傘を渡した。近寄ると、ふっと彼の匂いがした。

「もう、二度とあんなことはしない」

千里が無意識に身体を固くすると、黒江がぼそりといった。声に強い後悔がにじんでいる。

「わかりました。でももうあなたと二人で会うつもりはないんです。ごめんなさい」

それだけははっきりさせておかないと、と千里は黒江を見あげていった。

「じゃあ、誰かが一緒ならいいのか?」

黒江が意気込んで訊いた。

「周りを巻き込む気ですか?　やめてくださいよ」

「そんならどうすりゃいいんだ」

「どうすりゃって…諦めてください」

「無理だ」

黒江がきっぱりいい切った。

我儘をいっているというより、本当に無理なのだ、といういいかたに、千里は呆れるのを通り越して感心してしまった。さすがアルファだ。

「俺だって白根沢先生のことは男らしく諦めましたよ」

「俺には無理なんだ」

動かしようのない強い意思が伝わってきて、千里は返す言葉が見つからなかった。

「…とりあえず、行きましょう」

千里が促すと、黒江は千里のほうに大きく傘を傾けて歩きだした。傘に雨粒が当たる音だけが響く。

あんなに腹を立てていたはずなのに、一緒に歩いていてぜんぜん嫌な気がしないのはなぜだろう。

モバイルに送られた店の看板が見えてきた。雨脚が強くなって、千里は黒江のそばによりながら、彼の匂いを感じていた。

9

「それで、黒江さん、何歌ったの」

話を聞いていた碧が興味深々で訊いた。化粧をしていない碧は少し幼くて、学生時代を思い出させる。

「なんだと思う？」

「ってことは歌ったんだ！」

「歌った。第九」

「ダイク？」

「ベートーベンの第九」

きょとんとした碧に「たぁーたーたーたあーたー」と有名な一節を歌ってみせると、一拍置いて爆笑した。廊下の前のほうを歩いていたスクラブ姿の看護師がびっくりしたように振り返った。今日は年に一回の定期検査の日だ。

「何それ！」

「子どものころ北米にいて、合唱団に入ってたの思い出したとかいい出して、それがまた圧倒的歌唱力でさ」

最新のヴォイスマシーンはオーケストラの演奏をつけ、黒江は原詩で朗々と歌いあげてから、「俺、歌えるんだな」と自分で驚いていた。青井以下、全員の唖然とした顔を思い出すと今でも笑える。

「それで？　黒江さん許すことにしたんだ？」

「なんでよ。それとこれとは話が別です」

「ふーん？」

白根沢の結婚祝いの会から半月ほど経ち、黒江はまたときどき連絡してくるようになった。一度はモバイルから黒江の情報をぜんぶ削除したが、フォーンＩＤだけでいいから復活させてほしい、とかき口説くように頼まれて断り切れず、そうしてしまった。でも会いたいというメッセージにも、ビデオ通話のリクエストにも、まだ一度も応じていない。そのうち、と曖昧に返事をしている自分の気持ちを、千里自身も測りかねていた。

「それにしても検査前の絶食がほんと毎回つらいよね。あーお腹空いたー」

千里が子どものころから通っているバースセンターは、最寄り駅から巡回バスに乗って五分ほどのところにある。

両親に車で送り迎えしてもらっていたころはゲートをくぐるたびに今日の検査はどんなだろうとびくびくしていたが、交通機関を乗り継いで一人で通うようになるとめんどくさいなとしか思わなくなり、バース周期が落ち着いて年に一回のペースになると、完全にただの健康診断としか思わなくなっていた。実際、バース検査でもらった診断書はそのまま会社に提出して健康診断と同じ扱いで処理される。

今年は一緒に行こうか、ということになって、朝から碧とファイルを手に、検査センターをスタンプラリーのようにあっちこっち回って、ようやく午前の検査をクリアしたところだった。午後からは医師との面談と検査所見の説明がある。

最後の検査が終わり、さて何か食べよう、と向かった院内カフェには一年前にはなかったガラスケースが設置されていた。中には色とりどりのプチフールが並んでいる。

「あら、かわいい～」

碧が喜んで制服のスタッフに「どれがおすすめ？」と訊ねた。ナッツとフルーツ、どちらがお好きですか？　ナッツかなあ、などというのんびりした会話を聞きながら、千里は

「先行ってるね」とトレイを手に、ゆったりしたソファ席に向かった。

センスのいいブランケットや最新式の音楽ガジェットが用意された広めの席に座ると、テラス席のほうから爽やかな風が入ってくる。袖を通したときには心もとない気持ちになる検査着も、半日過ごすとしっくりきて、締め付けるところがないぶん快適に感じるくらいだった。

「さー食べよ食べよ」

回復食と印字されたランチパックを開けていると碧が遅れて席についた。

「碧、バース検査どうだった?」

「特に何もなかった。千里は?」

「抑制剤の利きがよくないから、処方を替えたほうがいいかもっていわれた」

碧は無言で目だけあげて千里を見た。千里は回復食のドリンクにストローを刺した。

抑制剤の使用は身体に負担がかかる。強いものに変更すると、しばらく眩暈や吐き気に悩まされるので、憂鬱《ゆううつ》だ。

「利きが悪いのか…なんでだろうね」

思いつくのは黒江の影響しかない。碧も同じことを考えているようだ。

「ねー千里」

碧がストローを栄養ドリンクのパックに刺しながらちらっと千里を見た。

「あたしこの前、マッチング申し込んだっていったでしょ」

「うん」

「通知が来たんだ」

「えっ」

同じようにドリンクを飲もうとしていた千里はびっくりして顔をあげた。碧が申し込んだことは知っていたが、数年待ちはざらだというから、来るとしてもまだ先だろうと思い込んでいた。

「そ、そうか。でもおめでとう」

「――黒江さんなんだよね」

碧がいった意味を呑みこむのに少しかかった。

「――え？」

「黒江さんと適合したの」

碧が行儀悪くストローをくわえたまま繰り返した。

混乱して、千里はただ目を見開いて親友の顔を見返していた。成婚なんかもうどうでもいい、といっていた黒江が脳裏をよぎる。

「でも、黒江さんはもうマッチングの申し込みは取り消したって…」

「処理が済んでなかったんじゃない？　あたし、パーソナルレビューに仕事は続ける予定としか書いてなくて、相手に対するオーダーはつけなかったんだよね。黒江さんもそうなんじゃないかな。それにしてもびっくりだよねー。こんな早くに通知くるとは思ってなかったし、よりによって相手が黒江さんとかほんとすごい偶然。とりあえず申し込みが生きてるんだったら、会ってみるだけ会ってみてもいいよね。……千里？」

「あ、ああ。ごめん。びっくりして……」

「っていったらどうする？」

「は？」

碧はちゅっとドリンクを吸った。

「んなの、嘘に決まってるじゃーん。何本気にしてんのよ」

「は？　え？　はああ？」

唖然としている千里に、碧はしれっと「だから嘘だって」と笑った。

「どういうこと⁉」

心臓が止まりそうになった、と千里が憤慨すると、碧はドリンクのパックをテーブルに置いて、おもむろに足を組んだ。

「千里はさ、黒江さんのことが好きなんだと思うよ」

「は!?」

「好きなんだよ」

　決めつけるようにいわれて反論しようとしたが、じいっと見つめられ、千里は思わず身体を引いた。

「そ、そんなことは……」

「あるよ。今あたしとマッチングしたって聞いて血の気引いたでしょ？」

「そ、それはびっくりしたからで」

　ふーん？　と碧はじろじろ千里の顔を眺めた。

「黒江さんがクラブで千里と連絡とりたいって必死になってたって話したじゃん？　あたし、あんなになりふり構わないで人にものを頼んでるアルファ、初めて見たんだよね。確かに黒江さんは卑怯なことしたし、千里が許せないって思うのも当たりまえだけど、あんなに謝りたいっていってるのをそこまで突っぱねるのも千里らしくないよ。好きだからこそ許せないんじゃない？」

　確かに発情を利用されたとしても、それが他のアルファだったら事故のようなものだと考えて流せたはずだ。実際、黒江と初めてクラブでセックスしたときも、千里は突発発情を起こしていたからしかたがなかった、と割り切れた。

黒江との間に信頼が生まれていたから——黒江が千里にとって特別な存在になっていたからこそ、あんなに腹が立ったのだ。

「でも俺は——白根沢先生のことが好きで、もう気持ちの整理はついたと思ってるけど、そんなに早く切り替えられないよ」

「それもなんだけど」

碧が考える顔になった。

「千里、一回も先生と寝たいっていったことないよね。先生でどんな妄想すんのよ？　って訊いても、そんなこと先生で考えたりしないよっていってたじゃん？　あれ本当のことなの？」

問い詰められて、千里は言葉に詰まった。白根沢のことは考えるだけで胸が痛くなるほど好きだったが、確かに具体的な妄想はしたことがなかった。

キスされたらどんな気持ちになるだろう、抱きしめられたら、と考えることはしょっちゅうだったが、その先は……生々しい妄想は先生に失礼な気がしてできなかった。もともと性愛にはマイナスの感情しかない。発情した身体をもてあまして好きでもないアルファと関係を持っているうちに、セックス自体が嫌いになった。

「あたしたちには発情期があるから、そのへんがどうしてもわかりづらいんだよね」

碧は肘をついて検査ファイルをつくづくと眺め、それから千里のほうを見た。

「あたしだって恋愛経験なんかないから偉そうなこといえないけどさ、千里はもう一回、ちゃんと黒江さんと話してみたほうがいいと思うよ」


午後の使用薬剤の相談で、千里は抑制剤の処方を替えることになった。

発情の周期が不安定になっていると指摘され、突発が起こらないようにホルモン分泌を抑えるための薬が追加で出された。

「副作用が強いので、これはできるだけ使用しないですむように気をつけてください」

緊急用の経皮パッチも最高強度のものを出されてしまった。

「フェロモン耐性がずいぶん落ちていますが、何か心当たりはありますか？」

そう訊かれて、ためらったが、千里は「仕事でアルファのかたと会う機会が増えたので、そのせいかなと」と説明した。

担当者はなるほど、と顎を引いた。

「ちゃんと検査しないと断言はできませんが、その可能性は高いですね。今後もその人と接する機会が多いのでしたら、センター経由でお勤め先に届けを出して、異動するとか担当を外れるとかしたほうがいいかもしれません」

つまり、以前のような友人関係に戻るのは物理的にももう不可能というわけだ。――と考えて、千里は「二人きりで会うつもりはない」といい切っていたはずなのに、どこかでその可能性を探っていた自分に気づかされた。

――千里は黒江さんのことが好きなんだと思うよ。

そうなんだろうか。

碧とは駅で別れ、千里はモバイルに黒江からメッセージが来ているのに気がついた。夕食の誘いだ。断っても無視しても、黒江はまったく気にせずにメッセージを送ってくる。そろそろ帰宅ラッシュが始まりかけていて、乗降客が目まぐるしく行き来している。千里はホームの端のベンチに座り、改めてモバイルに目をやった。黒江は今日はオフらしく、千里の予定に合わせられる、とある。

モバイルを握って、千里は考え込んだ。

黒江のことは確かに好きだ。でもその気持ちがどういう種類のものなのか、自分のことなのに確信が持てない。

――マッチングの申し込みは、取り消そうかと思ってる。

ふと、別荘の壁面装飾を一緒に眺めながら、珍しく口ごもるようにしていっていた黒江を思い出した。成婚したいと熱望していたのに、自分が曖昧な態度を取り続けていたら、黒江はそのぶんマッチングの機会を失ってしまう。碧と適合したというのは嘘だったが、申し込んでいれば、本当に誰かと適合しているかもしれないのだ。

返事をしていないままの黒江からのメッセージが、いくつもいくつもモバイル画面に並んでいる。見ているうちに、また新しいメッセージが来た。

〈今日が無理だったら、明日でもいい。会えないか？〉

千里は思い切って返信した。

〈友人に教えてもらったお店がよかったので、そこはどうでしょう。鴨が美味しかったですよ〉

一緒に食事をして、ちゃんと話をして、そしてそれで終わりにしよう。

フェロモン耐性が落ちている今、友人関係に戻るのは不可能だ。かといって黒江の気持ちに応じられる気もしない。もともと恋愛にも成婚にも興味などなかったのだ。

それならもう、会わないほうがいい。

すぐに了承の返事がきて、千里はベンチから腰をあげた。

10

待ち合わせした駅の構内カフェで、黒江はもう待っていた。コンコースに向かって一枚ガラスを隔てたカウンターに座っている黒江は、そのまま映画のポスターになりそうなほど美しかった。裾の長いシャツと柔らかそうな素材のボトムスで、カウンターに肘をついてペンを動かしている。何ひとつ特別なアイテムは身に着けていないのにスタイリッシュで、こんなにきれいな男だったのか、と千里はうっかり見惚れてしまった。

——どうして俺たちはアルファとオメガなんだろう。

千里は初めて痛切に自分たちの属性を恨んだ。

ただの朱羽千里と黒江暸として出会っていたら、きっととっくにつき合っていた。

仕事先で出会い、仲良くなって、失恋したのを慰めてもらっているうちに好きになった。嫌になるくらい陳腐《ちんぷ》な馴《な》れ初《そ》めだ。でも彼はアルファで、俺を問答無用で発情させる。そして自分はどうしてもそれを受け入れられない。

熱心にペンを動かしていた黒江がふと顔をあげた。カフェの前で足を止めている千里に気づき、黒江は慌てたように腰を浮かせた。口が動いたが、何をいったのかわからず、そのまま待っているとダッシュの勢いで出てきたので驚いた。

「どうしたんですか」

「あ、わ、悪い」

いきなり腕をつかまれてびっくりすると、黒江も慌てたように手を離した。

「やっとせ…、朱羽さ、朱羽、が来てくれたから、焦った」

名前を呼ぶのにいちいちつっかえ、千里が本当に来るのかとずっと不安に思いながら待っていたのが見てとれて、千里はなんともいえない気持ちになった。

「目が合って立ち止まったから、来たの後悔して帰るのかと思った」

「まさか」

相変わらず思ったとおりを口にする黒江に、千里は自信がなくなった。もう会うのはこれで最後にしましょう、とちゃんといえるだろうか。

「とりあえず、行きましょうか。ここから車で十分くらいです」

コンコースからエスカレーターで一階に下り、ターミナルビルの前のタクシー乗り場についた。

タクシー待ちの人は少なく、すぐ車の後部座席に落ち着いた。

ドアが閉まって車が走り出すと、千里は漂う黒江の甘い匂いにどきっとした。今日は一段と濃く感じる。

　このところ発情の周期が乱れているのは、まず間違いなく黒江の匂いの影響だ。それなのに、十分くらいだし、と安易に考えていた。

「すみません、窓開けてもらっていいですか」

　不安がさらに嗅覚を敏感にする。運転手に頼むと、黒江が意図に気づいてはっとした顔になった。

「ああ、渋滞してますねえ」

　窓の上部を少し空け、運転手がのんびりいった。

「事故渋滞かな」

「降りるか？」

　黒江が小声で千里に訊いた。

「いやお客さん、降りるにしてもちょっと待ってくださいよ」

　運転手が黒江の発言を聞きつけて口を挟んだ。

「急にいわれても歩道に寄せられないんで」

　徐行運転の車が前後左右を埋めている。千里は窓のほうに身体を寄せて、外の空気を吸い込んだ。身体が反応を始めている気がする。このまま収まるだろうか。

「すみません、窓もう少し開けてください」

「排気が入りますよ」

「お願いします」

運転手がしぶしぶウィンドウを下ろした。黒江の匂いを逃し、新鮮な空気を求めて深呼吸する。

手首や膝の裏が熱っぽくなってきている。脈動も大きくなった気がする。

「薬は？」

「あります」

少し考えて、今日出されたばかりの経皮薬をポケットから出した。きついぶん、効き目は確かなはずだ。

「ご気分が悪いんですか？」

運転手がバックミラーで心配そうにこっちを窺った。

「だいじょうぶだと思うんですけど、ご迷惑かけるかもしれないので、できれば降りたいです。すみません」

嘔吐でもされたら面倒だ、とばかりに運転手がウインカーを出して後方を確認した。後ろからクラクションが鳴って、運転手が舌うちした。

こういうときに動揺するとよくないと経験で知っているので、千里は何度も深呼吸して気分を落ち着かせようとした。

耐性が落ちていると指摘されたばかりなのに、以前もこうして二人でタクシーに乗ったこともあるし大丈夫だろう、と考えた自分のうかつさに腹が立つ。まだはっきりと発情は起こっていないが、じわりじわりと体温があがるのがわかる。やはりもう身体が反応を始めている。

今のうちに緊急用の経皮薬を貼ったほうがいいだろうか。

「千里、薬使ったほうがいいんじゃないのか」

迷っていると、黒江が気遣わしげに囁いた。

副作用を考えると不安だったが、突発が起こるよりはましだ。銀色のシートを一枚取り出して、フィルムを剥《は》がした。かすかに薬剤の刺激臭がする。

「千里」

狭い車内で経皮薬をうなじに貼るのは難しくて、手間取っていると黒江が遠慮がちに手を差し出した。この前は、黒江に貼ってもらおうとしてあんなことになった。ためらったが、そうしている間にも身体はどんどん熱くなる。千里は思い切って手渡した。

「――」

黒江の大きな手が、千里の後ろの髪をかきあげた。変な声が洩れないように、千里は歯を食いしばった。この前は直後に彼に口づけられた。記憶が身体の奥に火をつけ、全身が総毛だった。

「千里？」

薬剤パッチを貼ろうとしていた黒江が手を止めた。遅かった。

「……っ」

声が洩れそうになって、千里は両手で自分の口をふさいだ。

発情する。

自分の全身から、甘い、誘惑の匂いが発散し始めている。

「――お客さん」

運転手がぎくりとこっちを振り返りかけた。明らかに匂いに気づいた。

「前向いとけ」

黒江が鋭く恫喝《どうかつ》した。

「こっち向いたら、殺すぞ」

運転手が竦みあがって慌ててハンドルを握り直した。でも目はバックミラーでこっちを見ている。一般人にもわかるくらい、匂いが洩れだしている。

「千里、これ貼っていいのか？」

アルファも講習を受けているので、発情してしまってから緊急パッチを使うのは注意が必要だと知っている。

「わからな…」

今日変更したばかりで、注意事項をまだ確認していない。薬剤情報の説明書を出そうとして手間取った。

「お客さん…？」

「どこでもいいから早く降ろせ」

黒江がアルファのオーラを全開にして怒鳴った。

「さっさとしろ！」

ただごとではないと感じたらしく、運転手は焦ってクラクションを鳴らしまくってなんとか車線変更をすると、強引に脇道に入った。

「ご迷惑かけてすみませんでした」

黒江の無礼な態度のぶんまで運転手に謝ると、目が合って運転手はごくりと喉を鳴らした。充血した目が千里を見つめて、ぞっとした。

「千里」

黒江に急《せ》き立てられて慌てて車を降りたが、立ちあがった瞬間、腰から背中に甘い戦慄が走った。もう完全に発情してしまっている。

黒江が支払いをしている間にもどんどん体温があがっていって、もう自分で立つこともままならなかった。

「千里、俺につかまれ」

ガードレールに寄りかかっていた千里を黒江は有無をいわさず引き寄せた。触れられただけでじん、と痺れる。黒江から離れたいのに、一人では立っていることもできない。通り過ぎる人がふと歩く速度を落とし、惹きつけられるようにこっちに視線を送る。こんなところで、こんなふうに発情してしまったのは初めてで、千里はパニックを起こしかけていた。

「あそこでちょっと休もう。歩けるか？」

ほんの少し先にビジネスホテルの看板が見えた。

一歩足を踏み出すと眩暈がして、とてもまっすぐ歩けない。朦朧としたままなんとか足を交互に出して、ホテルのロビーにたどりついた。黒江がチェックインしている間も周囲の視線が恐ろしく、千里はひたすら自分の足元を見ていた。とっくに勃起していて、膝まである長いシャツをコートのように着ていたのだけが救いだった。でももうデニムの前が痛いほど張りつめている。ちょっとの刺激でも射精してしまいそうだ。アルファに――黒江に抱かれたくてたまらない。嫌だ。どうにかして逃れられないかと必死で考えようとしているのに、カードキーを手にした黒江が近寄ってくると、匂いにくらくらして何も考えられなくなった。

「大丈夫か」

近寄らないでほしい。一人にしてほしい。でも通りすぎる人がふとこっちを見て、千里は思わず黒江の陰に隠れた。

「行こう」

黒江とエレベーターに乗ると、狭い空間に匂いが充満して、さらに追い詰められた。どんどん思考力が落ちていく。

「千里、…」

部屋に入って、カードキーをホルダーに差し込みながら黒江が振り返った。他人の目から解放された安心感と、敏感になった嗅覚が刺激されて、一気に燃えあがった。――もうだめだ。

「千里」

手が勝手に黒江のほうに伸びる。全身から甘い匂いが立ちあがった。

黒江に触れた瞬間、完全に理性が吹っ飛んだ。誘惑することしか頭になくなって、千里は男を上目遣いで見つめた。目が潤むのがわかる。黒江はぐっと唇を引き結んだ。

「だめだ、千里」

「どうして？」

ぴったりと身体を密着させると、黒江が苦痛をこらえるように眉を寄せた。

「千里、これはもう使えない」

タクシーの中で手渡した薬剤シートを黒江がポケットから出した。小さく丸まってしまっている。

「別の持ってるだろ？　出して」

頭に靄《もや》がかかって、黒江が何をいっているのか理解できない。

「ねえ」

ただ欲しいとしか考えられず、今まで一度も失敗したことのない誘いかけをした。媚びを含んだ目で見つめると、黒江の腕が腰に回り、ぞくぞくっと戦慄が走った。

どちらからともなくベッドに腰かけ、そのまま猛烈にキスをした。止まらない。唾液と舌が絡み、欲望が溢れた。

「ん、う――…っ」

自分の中のオメガの性が首をもたげ、命令されるのを待っている。

服を脱げ、尻をあげろ、ねだって見せろ——命令されたい。屈服して、征服されたい。

「早く、——黒江さ……」

「千里」

黒江が舌で千里の唇をなぞった。いたぶられているようで、たまらない。

「ねえ」

自分の声の甘ったるさに一瞬猛烈な嫌悪を感じたが、すぐまた圧倒的な欲情に押し流された。

「千里」

黒江の目にぐっと力がこもった。

「千里——だめだ」

そのまま押し倒されるのを予想していた千里は、唐突にキスを中断されて混乱した。

「黒江さん…？」

「だめだ」

黒江がうめくようにいった。

「どうして？」

「あんたと約束した。二度と卑怯な真似はしないって」

そういう黒江も巻き込まれて、もう我慢の限界がきているのがわかる。目に熱がこもり、欲情で濡れている。それを見ているだけでさらに昂った。たぶん、黒江とは適合率が高い。だからどんどんフェロモン耐性が落ちて、こんなにすぐ発情してしまう。

「千里」

とにかく今、この飢えをなんとかしてほしい。自分でシャツのボタンを外すと、黒江は目を眇めた。

「あ――」

黒江の手が伸びてきて、千里は反射的に目を閉じた。

「……え？」

黒江は千里のシャツのポケットから、薬剤の入ったチャックつきのビニール袋を引っ張り出した。

「え？」

「発情して三十分以内なら有効だ」

黒江は薬剤情報に目を走らせると、すぐに銀色のパッチシートを出してフィルムをめくった。

「黒江さ、――うっ…」

いきなり身体の向きをかえられて、後ろの髪をかきあげられた。かすかな薬剤の匂いがして、うなじにパッチが貼られた。ひやっとする感触のあと、そこからじん、と嫌な痺れが広がっていく。初めて経験する不快な感覚に、千里は目を見開いた。

「大丈夫か？」

黒江に耳元で訊かれたが、千里は首を振ることもできなかった。燃えあがっていた身体が強い薬効で沈静化していくのがわかる。恐ろしいほどの速さで火照《ほて》りが収まり、発汗も引いた。同時に靄《もや》のかかった頭がはっきりして、副作用の痛みが鮮明になる。

「――う…ぅ」

ずくずくと脈動するたび全身が痛む。胃が収縮して、ぐっと喉が膨らんだ。

「吐く」

「えっ？」

千里は両手で口を押さえ、ベッドから下りた。

「千里？」

すんでのところで、千里はバスルームに駆け込んで、激しく嘔吐した。

「大丈夫か？」

黒江が慌てて追いかけてきた。また胃が収縮して、今度は我慢せずに吐いた。シャツが汚れ、吐瀉物《としゃぶつ》が床にも飛び散った。

「う……っ」

連続で波がきて、黒江に背中をさすってもらって何回も吐いた。嫌な関節の痛みは引いたが、代わりに頭痛が始まった。こめかみが脈動するたびに痛みで頭が締めつけられる。

それでも徐々に吐き気はおさまってきた。発情も完全に引いている。

「もう大丈夫ですから。すみません、迷惑かけて」

嵐のような発情の熱が去ると、惨めさだけが残った。激しい頭痛に耐えて、千里はなんとか黒江に謝った。

「水飲むか？」

黒江がミネラルウォーターを持ってきてくれた。

「千里？」

まだ気持ち悪い。眩暈もする。身体のあちこちがじんじん痛い。発情を無理やり止めた代償だ。立ちあがろうとしてふらつき、黒江にささえてもらってなんとかベッドにたどり着いた。

「もしまた吐きそうになったらこれに吐け」

黒江がダストボックスを足元に置き、汚れたシャツを脱がせてくれた。襟もとが緩められ、ベッドに横たわると、少しだけ楽になった。バスルームから水音がして、千里が汚したあとを片づけてくれているようだった。恥ずかしくて、情けなくて、千里はぎゅっと目を閉じて枕に顔をうずめた。ほんの少し前の自分を思い出すと、絶望的な気持ちになった。甘い声で抱いてくれとねだり、誘惑するのに必死になって、あげくに抑制剤で突き放された。惨めだ。

「千里」

戻ってきた黒江がそっと千里の顔をのぞきこんできた。

「大丈夫か？　副作用がこんなにひどいってことは、だいぶ強いんだろうな、これ」

黒江が心配そうに千里のうなじに貼ってある薬剤パッチに触れた。

「触らないでください！」

千里は激しくその手を払った。

八つ当たりだとわかっていて、止められなかった。

「あなたのせいで俺はフェロモン耐性が落ちた。あんなに周期安定してたのに。突発発情なんかしたことなかったのに。抑制剤も予防薬もちゃんと効かなくなった」

声がみっともなく震え、千里はぎゅっと目をつぶった。

「頭痛いし、眩暈するし、もう嫌だ、本当に嫌だ」

「千里」

「あなたと出会わなきゃよかった。アルファなんか嫌いだ。オメガはもっと嫌いだ」

八つ当たりするなよと諌《いさ》める自分もいたが、ぼろぼろ涙がこぼれ、嗚咽が洩れて止められなかった。

「嫌だ、もう嫌だ！」

子どものように癇癪《かんしゃく》を起して泣きじゃくっているのを見られたくない。でももう今さらだ。みっともなく発情して抱いてくれと懇願する姿も、失恋して泣いているところも、朦朧として嘔吐しているところも、黒江にはぜんぶ見せてしまった。

「千里」

「もう嫌だ！」

顔を見られたくなくて背を向けていると、黒江が後ろから抱きしめてきた。

「ごめんな」

労わりを感じる腕に、千里はもう抵抗しなかった。

泣くだけ泣くと気が済んで、千里は両手で顔を拭った。

「…すみません、俺、八つ当たりして…」

千里が謝ると、黒江は首を振って千里を離した。

「八つ当たりじゃねえよ。俺のせいだ。俺が無理に会ってくれっていったから」

黒江の声には後悔がにじんでいた。

「……もう会わないほうがいいんだろうな」

しばらく沈黙が落ち、黒江がぽつりと呟いた。千里ははっと顔をあげた。

「あんたにきつい思いをさせるつもりはなかったんだ。ただ俺はあんたが好きで、だから顔見て、しゃべって、――あんたが笑ってるの見たくて、それだけだったんだけどな」

淡々とした声に、強い感情が潜んでいる。自分のために、黒江が懸命に気持ちを抑えようとしてくれているのがわかって、千里はぎゅっと拳を握った。

「……」

「ごめんな」

「――俺も、もう会うのは止めようっていうつもりで来たんです」

黒江が目を見開いた。

「今日、俺バース検査の日で、フェロモン耐性がものすごく落ちてるっていわれたんです。抑制剤も緊急パッチも最高強度のものになったし、それたぶん黒江さんと会ってるからです。俺たち、適合率が高いんだと思います。でも俺は――今みたいに発情するのが本当に

嫌で、どうしても受け入れられない。セックスが嫌いなんです。黒江さんは成婚したいっていってたし、マッチング申し込んでたらそのうち通知が来るでしょう？　俺、黒江さんのことは本当に好きだし、幸せになってほしいんです」

黒江は何かいいかけたが、少し迷ってから、うん、と小さくうなずいた。

「そうだな」

さみしい気持ちもあるにはあったが、黒江が明るいほうに向かうのだと思えば我慢できた。

伴侶と一定期間を過ごすと他の人間のフェロモンには反応しなくなるらしいから、いつかはまた食事くらいできるようになるかもしれない。こっそりそんなことも思ったが、黒江の性格を考えると、保護すべき自分のオメガがいて、別のオメガと会うようなことはしないだろう。

急に疲れが出て、千里はベッドに転がった。

「まだだいぶしんどいか？」

「いえ。頭が少し痛いだけです」

千里が答えると、黒江はベッドに腰かけて、そっと千里の髪に触れた。労わりの気持ちが伝わってきて、千里は目を閉じた。黒江の指が手触りを楽しむように髪を撫でる。性的な緊張のないスキンシップは、いつ以来だろう。ずっと昔、まだ発情がきていないころはときどき母親に抱きついて泣いたり笑ったりしていたが、それ以来だ。発情がきて、家族と溝ができてから、千里は他人とうまくやるための笑顔をつくるのが得意になった。オメガはおしなべて協調性が高く一般人ともうまくやっていけるが、それはそうしないと生きていけないからだ。多少のことはやりすごし、なめらかに人の間を泳いでいく。

でもなめらかすぎて、誰とも摩擦が起きなくて、ときどき千里はひとりぼっちの気分で立ち尽くしていた。

「黒江さんの手、大きいですね」

髪を撫でる手が気持ちいい。

「そうか?」

「クリエイターは手の大きい人が多いっていいますよね」

「そんなこと、初めて聞いたぞ」

他愛のないことをぽつぽつ話しているうちに、だんだん眠くなってきた。考えてみれば、今日はバース検査でいつもより早く起きたし、そのあとも泣いたり暴れたりして疲れてしまった。

「黒江さん、ちょっと寝てもいいですか…?」

子どものように髪を撫でられていると、遠い昔、こんなふうに寝かしつけられて安心して眠ったことを思い出した。黒江が一瞬戸惑う気配がしたが、すぐまた髪を撫でた。

「すみません。なんだか眠くて…」

空調の微かな機械音、ホテルの外の車の走行音も眠りを誘う。

……とろとろと眠って、千里がふっと目覚めると、すぐ隣で黒江も寝息をたてていた。

びっくりしたが、すうすう寝ている黒江を見ていると、なんともいえない気持ちになった。

どうしてこの人はアルファなんだろう。

「せんり」

今さらなことを考えていると小さく名前を呼ばれて、起きたのかと思ったら寝言だった。

ふふっと笑ったら、黒江が身じろいだ。うん、と軽く息をつき、黒江は寝返りを打って向こうを向いてしまった。なんとなくさみしくて、千里は今度は自分のほうから黒江の髪に触れた。それから急に何してるんだ、と我に返った。もう会わないと決めたら急に名残惜しくなったのか、と自分が恥ずかしい。

「…千里？」

黒江が掠れた声を出してこっちを向いた。千里は慌てて手を引っ込めた。

「起きたのか？」

黒江が眠そうに瞬きをして千里のほうに寝返りを打った。

「俺も寝てたな。何時…？」

首だけあげてベッドヘッドにはめ込まれている時計を見ると、まだ九時を少し回ったところだった。

「体調は？」

「大丈夫です」

そうか、と黒江が呟くようにいった。

沈黙にはためらいがにじんでいる。

どちらかが「そろそろ行こうか」といえば、それで終わりだ。

「……千里」

黒江が急に何かを思い出したようにボトムスのポケットを探った。

「これ」

差し出されたのはカフェのコースターだった。

「さっき、千里を待ってたときに描いたやつ、ポケットに突っ込んでた」

受け取って見ると、裏側に細いペンの線がびっしりと描き込まれている。

「あ」

千里は目を見開いた。コースターをほんの少し傾けると、無数の線がいびつな楕円をつくる。さらに傾けるとコースターから立体が飛び出して見えた。目や鼻が浮かんでくる。

「…これ、もしかして俺ですか？」

「うん」

「──すごい」

角度が変わると立体も形を変える。よく見ようとすると、角度が変わって自分の顔が笑った。

「うわ、動いた。笑ってる…」

黒江が手を伸ばしてコースターを動かした。笑顔が大きくなってまたびっくりした。

「俺、あんたが笑ってると、いつもつられて笑うんだよな。なんでかな」

「……」

屈託なく笑っている自分を、千里は指でなぞった。黒江にはこんなふうに見えているのか、と思ったらなんだか不思議だった。

「これも見るか？」

コースターの中の自分を眺めていると、黒江が上着のポケットからモバイルを取り出した。

「なんですか?」

黒江が数回操作すると、画面にモザイク模様が現れた。カラフルな光のかけらが徐々に形をつくっていき、それが傘をさした人物になった。上から見たショットで、右から左に傘が動いていく。

「これ、最初にあんたを見たとき、綺麗だったから写真撮ったんだ」

「最初?　って、え?」

黒江と初めて会ったのは大学で、確かにあの日は雨が降っていて、千里はお気に入りの傘をさしていた。

「窓から外見てたら、変な傘見えたから動画で撮ったんだよ。雨粒がぽろんぽろん弾けるんだよな、あの傘」

「上から見てたんですか」

びっくりして、千里はまたモバイルに目をやった。あのとき、千里は先生に会える、とそれだけを思って浮かれていた。傘が右から左に動くだけの加工された動画だが、見ているとあの日の雨の音や、建物の上を流れていく雲の動きまで思い出した。

「これはただ、面白い素材になるかなと思って撮ってただけだけどな。せっかくだから、

「全部見るか？」

「全部？　って、まだあるんですか？」

「いっぱいある」

そういえば黒江はよく「撮っていいか」とカメラを向けてきていた。黒江が見せてくれた動画や写真は加工されていたりされていなかったりで、でもきちんと時系列に並んでいた。

千里は黒江と一緒に眺めながら、不思議な感慨に打たれていた。

まるで黒江と出会ってからを追体験するように、そのときそのときの自分を思い出す。

「あ、小野さんだ」

別荘の竣工式のときの写真では、小野と一緒に双子を抱っこさせてもらっている。

「このときの幼児パワー、すごかったよな」

黒江が思い出したようにため息をつき、それがあまりに実感がこもっていたので笑ってしまった。あのときはいろんな属性の人がいて、みんなそれぞれ自分らしく生きているんだと思ったら前向きな気持ちになって、そして白根沢先生を諦めないでいようと決心したんだった、と千里もしみじみと思い出した。

別荘の写真や動画から、次は白根沢の結婚を祝う食事会のときの写真になった。モバイルの中の千里は、また傘をさして歩道に立っている。このとき、千里は黒江に感謝していた。黒江がいなかったら、ちゃんと先生にお祝いをいうことすらできなかった。

短い間にいろんなことがあったな、と感慨にふけっていると、「これ、消さなくてもいいか？」と黒江がためらいがちに訊いた。

消すという発想がなかったので、びっくりした。

「いいですよ、もちろん」

「そうか、よかった」

黒江がほっとしたようにいった。

「千里が消せっていったら、消さないとと思ってた」

並んで寝そべって、いつの間にか千里は腕枕してもらうような形で黒江に寄り添っていた。抑制剤の副作用は落ち着いていて、頭痛も吐き気も消えている。

「もう一回、見てもいいですか？」

千里は黒江からモバイルを受け取った。

傘をさしている自分が歩いている動画から始まり、画面の中で、千里は黒江と知り合い、仲良くなっていく。

「――なんで俺、オメガなんかに生まれたんだろ」

そうじゃなかったら、きっととっくにつき合ってたのにな、とぼんやり口にすると、隣の黒江が「まったくな」と同意した。

「俺も辞められるもんなら今すぐアルファなんか辞めたいぜ」

「そんなに自分がアルファなのを嫌そうにいうの、黒江さんくらいですよ」

「俺は自分がアルファでいいことなんかなんもねえよ」

ぼやくようにいうのがおかしくて笑うと、黒江もつられたように笑った。

「黒江さんて、本当によくつられて笑いますね」

「好きな人が笑ったらつられるだろ」

黒江が普通にいった。

「……」

好きな人、というなんでもないような一言が、なぜか今、すっと胸に入ってきた。

千里はさっき黒江が見せてくれたコースターに目をやった。不思議な技術で浮きあがってくる笑顔の男がこっちを見ている。

黒江には自分はこんなふうに見えている——これはただの「朱羽千里」だ。

急に、自分が何か大きな思い違いをしていたような気がした。

出会って、親しくなって、打ち解けて、…ずっと千里は黒江のことを「アルファ」だと意識していた。

でも自分が本当に惹かれていたのは、いつでもただの「黒江暸」じゃなかったのか。

「ごめんな」

黒江が気まずそうに謝ったのは、腰のところに勃起が当たっているからだ。薬が効いているはずなのに、と少し驚いた。

「今、抑制剤効いてますよね…？」

発情は止まっているが、誘因フェロモンは洩れているのかもしれない。

「フェロモンとか関係ねえだろ。好きな人とくっついてたら自然にこうなる」

黒江がいい訳するようにいった。

好きな人、という言葉が、今度こそ本当に素直に心に沁みた。

「心配しなくても何もしねえよ。最後なのに嫌われたくない」

最後、という言葉に動揺して、千里は無意識に黒江の肩に鼻先をくっつけた。

「なあ、もうちょっとだけこうしてていいだろ？」

黒江が腕を回してホールドするような格好になった。

密着している黒江の匂いに、千里自身は反応しなかった。緊急抑制剤の薬効は十二時間ほど続く。

しばらくどちらも何もいわず、ただそうしていた。体温と身体の感触、心臓の音、規則正しい呼吸がどちらのものかわからないほど溶けあっている。ほかには空調の微かな機械音や、浴室から聞こえる換気扇の低い音しかしない。とても静かだ。心も静かだ。

なんだか、へんな感じがした。

抑制剤が効いていて、身体が勝手に暴走しない。そのぶんゆっくりと自分の心の動きがわかる気がした。

「勃っていっても信憑性《しんぴょうせい》ないだろうけど、こうしてるだけですげー幸せだ……」

千里は顔をあげた。黒江の眸に自分が映っている。

「本当に？」

「なんでそこで疑うんだよ」

不服そうな顔がおかしくて笑うと、黒江も笑った。

「千里？」

そうしたくなって、黒江の背中に腕を回してぎゅっと抱きしめた。身体中が汗やいろんなものでべたべたしている。でもぜんぜん気にならない。もっと密着したい。肌の匂い、汗の匂い、黒江自身の匂いがする。いい匂いだ。大きな手が千里の頭の後ろに回り、湿った髪に指が入った。撫でられるのが気持ちいい。

「黒江さん」

千里は顔をあげて、ごく自然に彼の唇を求めた。黒江が戸惑っている気配がしたが、千里自身も戸惑っていた。どうして急にこんなことがしたくなったのか、自分でもよくわからない。でもしたい。自分の気持ちを探るように口づけて、唇の隙間に舌を入れた。ためらいがちに濡れた舌が迎え入れてくれ、柔らかく絡んでくる。

「――ん……」

舌を舐めて、吸って、そういえば自分からこんなことをしたのは初めてだな、と頭の片隅で考えた。

どうしてこんなことをしているのか、したいと思っているのか……。

キスしていると黒江の勃起がさらに固くなった。腹のあたりに感じるそれを、千里は片手で探った。スウェット地のボトムスでも窮屈《きゅうくつ》そうだ。

「千里…」

ボトムスの穿き込み口から直《じか》に握ると勢いを増して、千里はそれが嬉しかった。

「なあ」

一度唇を離し、口の外で舌を触れ合わせながら、黒江が困惑した声を出した。

「千里に触られるのは嬉しいけどな、我慢するのが大変だ」

「……」

「その、なんで俺を触ってるんだ…？」

黒江がいいづらそうに小声で訊いた。千里はじっと黒江を見つめた。

したい、と自然に思っていた。

この人とセックスしたい。

好きだ、と思ったと同時にキスがしたくなって、キスしているうちに欲望が湧きあがってきて、…こういうのが普通の人の性愛なんだろうか？

「緊急抑制剤が効いてるから、俺、今はあなたのフェロモンぜんぜん作用してないです」

千里は黒江を見つめたままいった。

「うん」

「でも、したいと思ってる……」

え、と黒江が目を見開いた。

「抑制剤が効いてるんだろ？」

「効いてます」

あのどうしようもない飢えも、疼くような欲求もない。

「じゃあ、なんで…」

好きだから、なんだろうか。

「俺、発情が起こってないのにこんなふうになるの、初めてで……」

千里自身、とっくに下半身は熱くなっていた。

黒江がそろっと足を動かした。勃起が刺激されて、じん、と快感が走る。黒江は瞠目したまましばらく千里の顔を凝視していた。千里自身も、自分の変化に驚いていた。

無言で見つめ合い、ややあって黒江が確かめるようにそっと千里の頬に触れた。

「キス、してもいいか…？」

今さら過ぎることを訊かれたが、黒江の上ずった声に、千里も急にどきどきしながらうなずいた。

キスは、千里にとってほとんど意味のない行為だった。せいぜい相手を煽るための前戯《ぜんぎ》ていどのことで、面倒くさいとすら思っていた。でも今、黒江の唇が触れてきて、千里は小さく震えた。心と身体が一致している。心が置き去りにされない。むしろ緊張で固くなっている身体を、喜びが溶かしてくれた。

「う、ん……」

触れるだけのキスを数回繰り返し、黒江の手が頬を固定した。深いキスをする、という合図に、千里の全身が汗ばんだ。

「――」

黒江のほうからしてくれるキスはさっき自分からしたキスとはぜんぜん違っていた。好きな人の舌を受け入れ、甘い感触を味わっていると、それだけで気持ちが満たされる。

「黒江さん」

濃厚なキスにあっという間に火がつき、息が苦しくなって唇を離し、すぐまたキスがしたくなってどちらからともなく唇を求め合った。

「抱きたい、千里」

何度も何度もキスをして、黒江が掠れた声で囁いた。千里はうなずいた。

「い、いいのか?」

驚いた声で確認されて、千里は気恥ずかしさをこらえてもう一度うなずいた。

「発情が起こってないのに、俺、こんなふうになってて…」

どうしてなのか、自分の気持ちをちゃんと確かめたい。千里は決心して黒江と視線を合わせた。

アルファは征服欲が強く、主導権は絶対に渡さない。いつもならとっくに服を脱がされているか、脱げと命令されているころだ。でも黒江はどこか及び腰で、自分から触れてこようともしない。

千里はどきどきしながら黒江のシャツのボタンに手を伸ばした。相手の服を脱がしたことなど、一度もない。黒江も驚いた顔でじっとしている。し慣れないことに手間取りながら、自分の意思でセックスしようとしていることを千里は今さら強烈に意識した。

「なんか…めちゃくちゃ恥ずかしい」

ようやく全部のボタンを外してしまうと、アンダーは身に着けておらず、黒江の滑らかな肌が現れた。

「なんで恥ずかしい？」

「自分の気持ちでしたくなってるのが、恥ずかしい」

Sっけのあるアルファに露骨なおねだりをさせられることは珍しくなかったが、発情しているんだからしょうがない、と割り切って、そのときはそれを楽しむこともできた。でも今は本当に純粋な自分の欲望しかない。それが恥ずかしい。

「俺もけっこうやばい」

黒江が手を開いたり閉じたりしながら唸るようにいった。

「好きすぎて、手が出せない。どうすりゃいいんだ、これは」

お互いさんざんセックスしてきたはずなのに、顔を赤らめ合って、そんな自分たちにまた照れた。

「本当にいいんだな？」

念を押されてうなずくと、今度は黒江が手を伸ばして千里のシャツのボタンを外しはじめた。黒江は慣れているはずなのに、好きすぎて、という言葉通り本当に緊張しているらしく、手つきがぎこちない。千里もどきどきしながら脱がされるのに協力した。

「…黒江さん」

前をぜんぶはだけている黒江は、なめらかな鎖骨のところに小さなほくろがあった。今まで相手の身体に注意を払うことなどなかったから、千里は新鮮な気持ちでそのほくろを眺めた。

「黒江さん、こんなところにほくろがあるんですね」

「千里も」

黒江が足のつけ根のところにあるほくろに指で触れた。くすぐったくて身をよじる。スプリングが揺れ、顔を近づけて笑い合うと、ようやく少し緊張がほぐれた。

「――ん……」

何度も何度も角度を変えて口づけ、合間に見つめ合った。黒江がまぶしそうに目を細めて頬に触れてきた。千里はその指をくわえた。

思いつきでそうしただけだったのに、指をくわえると妙にセクシュアルな気分になり、爪のあたりを舐めた。

「千里」

黒江の声が湿った。

舐めるのをやめて視線を合わせると、ゆっくり淫らな欲求がわきあがってきた。存在を主張している、下腹部に当たっている固いもの。

「――したことないから下手だと思いますけど…」

「いいよ、そんなことしないでも」

黒江が慌てたようにいったが、千里は黒江のボトムスの前に手をかけた。

「してみたいんです」

初めて自分の意思でセックスしようとしている。それをもっと実感したかった。どきどきしながらもう完全になっているものを直接握り込むと、黒江が息を呑んだ。身体をずらして、顔を近づける。透明な雫を浮かべているのを舌先でそっと舐めると、黒江の大きな手が髪に触れた。

大きく口を開けて、歯が当たらないように呑みこむ。

「せん、り……」

深くくわえると歯が当たりそうで、指でしごきながらゆっくり顔を上下させた。これでいいのかわからなかったが、口の中でさらにぐっと力を増してくるのが愛おしくて、一生懸命舌を使った。

「千里、もういい」

「んん…?」

「だめだ」

「え」

顔をあげると黒江とまともに目が合った。部屋の明かりは落としているが、それでも黒江が興奮しているのははっきりわかった。自分の稚拙《ちせつ》な愛撫に感じてくれている。

「黒江さん……」

――ふいに身体の奥から、よく知っているあの疼きがやってきた。一瞬、抑制剤が切れたのかと思いかけたが、ぜんぜん違う。

今、心と身体が完全に一致して、自分は好きな人とセックスしている。

「千里」

黒江が自然に仰向けになり、千里はその身体の上に乗りかかった。黒江がすかさず抱きしめてくれる。背中を抱いた手が、そのまま下りて、腰からゆるやかな傾斜にそって動く。尻の丸みを愛おしむように撫でられ、セックスが愛情の交感なのだと文字通り肌でわかった。

「千里」

愛情をこめた声で名前を呼ばれると、たまらなく欲しくなった。黒江の指が隙間をなぞる。

「ああ…」

「上で、していいですか？」

「千里がしたいようにしていい」

「うまく出来なかったら、ごめんなさい」

興奮しきった身体は、早くほしい、と疼《うず》いている。千里は膝を使って身体を安定させ、自分で導いてゆっくりと腰を落とした。熱い塊に押し広げられる。

「――あ、……ぁ、あ」

ぬちゃっと音がして、ぐうっと広がる感覚ののちに、逞しいものが身体の内側をこする。黒江が腰を支えてくれ、それを頼りに千里はさらに腰を沈めた。

「あ、…っ」

自分でコントロールするつもりが、バランスを崩して、ずるっと根元まで一気にきた。

「あ、ああ…ッ」

衝撃に顎があがった。串刺しにされたようで、腰から背中に鋭い快感が走る。息が止まりそうになった。

「――――ッ」

のけぞったまま、声もなくその快感に耐えた。陰嚢《いんのう》が収縮し、上を向いていた性器から精液がこぼれだすのがわかった。

男性オメガの射精はだらだらと長く、いつまでも止まらない。それがずいぶんいやらしく見えるらしく、いつもアルファを悦ばせた。黒江も明らかに興奮している。

「いい……、すごい…」

「千里…」

根元まで入って、奥までいっぱいになった感覚をじっくり味わっていると、充実していたものがさらに大きくなるのがわかった。

「あ、だめ」

腰を支えてくれていた黒江の手が、精液を垂らしている千里の性器を握った。

「あっ、あ……や、あ……」

ばたばたと飛沫が黒江の腹の上に散った。我慢しきれない、というように下から突きあげられ、両方の快感にのけぞった。

「はあっ、は、……はあ、はぁ……――っ、もう、無理…無理、いや…ぁ…」

抑えようとしても甘い声が抑えられない。腹筋を使って突きあげられ、身体の重みでまた沈み込み、初めて経験する騎乗位での快感に、完全に翻弄された。

「嫌、もう…あ、ああ…っ…」

揺すりあげられながら泣くと、黒江が少しスピードを落とした。

「千里」

結合部が熱をもっていて、突きあげがなくなっても緩い性感が残る。それも気持ちよくて、千里は黒江の腰のあたりを腿で挟んだまま身体を揺すった。

「ん、いい…」

黒江がびくびく揺れている性器を握り、垂れてくる精液を指さきで拭った。ぬらっとした感覚が敏感な部分を刺激し、またぴゅっと精液が飛んだ。

「千里、代わって」

「え？　——あ」

黒江が腹筋を使って起きあがった。反動で後ろに倒れそうになったのを楽々と支え、黒江はそっと千里を仰向けに着地させて器用に体勢を入れ替えた。あっという間に組み敷かれ、驚いている間に両足を掴んで大きく開脚させられる。

「ああ、こっちの眺めもいいな…」

黒江が感に堪えない、というように呟いた。

「千里が俺を受け入れてくれてる…」

深々と埋め込まれたところを指で確かめられて赤面したが、黒江がいっているのは物理的なことだけではない。

「すげえ嬉しい」

情感のこもった声で囁いて、黒江が千里の手を握った。大きく開かされた足を閉じて、千里は黒江の身体を強くはさんだ。肩に手をかけて恋人を引き寄せる。

「千里」

黒江の唇が触れ、舌が口の中いっぱいに入ってきた。

「――う…ん……」

濃厚なキスを交わしながら、恋人の背中に両手を回した。

「千里、千里…」

「――ん、うん……っ、はあ、あ……」

律動が始まり、慣れた動きに今度は楽に合わせられた。快感が高まるのにもついていける。

「千里、――好きだ」

「ん、うん…俺、もすき…、っ、…ん」

「ほんとに？」

「好き」

「千里」

愛情に満ちた声に、快感が高まっていく。恋人同士のセックスを初めて体感した。

「ああ…っ」

力強い腰の動きに陶然として、快楽に沈んだ。こうなるともう絶頂の切れ目がなくて、ただひたすら受け入れる。

千里、と掠れた声がして、中で大きく脈動するのがわかった。満ち足りて、千里は汗だくで倒れ込んでくる男の身体を抱きとめた。

「――千里……」

全力疾走したあとのように息が苦しい。お互いしばらく話せなかった。

「黒江さん」

ようやく少し息がおさまって、千里は黒江の汗で濡れた髪に触れた。黒江がキスをしてくる。頬や額に口づけられ、千里はくすぐったくて笑った。

「千里、好きだ」

俺も、とキスを返しながら千里は不思議な感慨に打たれていた。ほんの数時間前の自分と何ひとつ変わっていないはずなのに、まるで生まれ変わったような気分だ。

「俺、…ずっとセックスが嫌いだったのに」

黒江が微笑んだ。

「自分がオメガなのも、嫌でしょうがなかったけど…今も嬉しくはないけど…」

この人とここまでぴったりと寄り添えるのは、その属性があるからだ。

黒江が腕を伸ばして千里を抱き込んだ。

「俺も自分がアルファなのにうんざりしてた。けど千里がいてくれるんならぜんぜんいい」

「黒江瞭」

名前を呼びたくなって呟くと、黒江がうん？　と瞬きをした。

「俺の好きな人。黒江瞭」

本来の才能を捨ててでも好きなことを選ぶ人。揺らぎなく「好きだ」と手を伸ばしてくれた。

「朱羽千里」

黒江が囁き返してくれた。

誓い合うように互いの名前を呼び、それから微笑み合ってキスを交わした。

「撮っていいか？」

黒江がふと思いついたようにモバイルをつかみ、大きく腕を伸ばして並んで仰向けになっているのを自撮りした。上半身だけの写真だが、少し照れた表情で寄り添っているのがいかにも今結ばれました、というようで面映ゆい。

「なんかちょっと恥ずかしい」

「誰にも見せねえからいいだろ」

黒江が手早く操作して、千里が傘をさして歩いている動画からの一続きに追加した。

「このときはただの素材のつもりで撮ったのにな」

黒江が最初の動画をしみじみと眺めた。

「これからもっと増やせるな」

ただの素材のつもりが、いつの間にか大事な人生の要素になっていた。

千里は笑ってうなずいた。

11

リビングの掃きだし窓をフルオープンにすると、海からの風が吹き抜けていった。海の見える高台の一戸建ては、今日も眺望抜群だ。

「わー、いい風入るね」

ジュースの空き瓶をまとめてくれていた碧が弾んだ声をあげた。今日は長袖のロングTシャツにローライズのデニムという休日スタイルで、髪も緩くトップでまとめている。

「もうちょっとしたら、海に夕日落ちるの見えるけど、すごいよ」

「だろうねー」

庭先ではバーベキューの締めで、大人も子どもも一緒になってわいわいマシュマロを焼いている。

「それにしてもほんと賑やかだよねー」

碧が庭を見やって楽しそうに笑った。

バーベキューグリルを取り囲んでいるのは最近交流するようになったさまざまな性のカップルとその子どもたちだ。

「碧もお客さんなのに、手伝いばっかさせてごめんな」

「いいよー。紹介されてもどういうつながりなのかさっぱりわかんなかったけど、楽しかった。フウカさんにサインもらっちゃったし」

碧がTシャツの裾を引っ張って、胸に描かれたサインを嬉しそうに眺めた。サインをした本人はソファで優雅に昼寝をしている。

休業中のスーパーモデルは、サングラスにシルバーのセットアップという格好で、マフィアの親玉のようなパートナーとよちよち歩きの幼児を抱えてやって来た。高校の入学式で出会ったという奇跡のカップルは双子、一般人の夫婦ははにかみ屋の女の子とやんちゃな男の子を連れて来た。さらに黒江の幼馴染みは一般人の婚約者と一緒で、碧は「誰がどういうつながりなのかはもういーや」と理解するのを諦めて、持ち前のコミュニケーション力で馴染んでいた。

千里が黒江とつき合うようになって三ヵ月ほどが経った。千里が予想していた以上に黒江とはいろんな相性がぴったりで、もしマッチングの申し込みをしていたらまず間違いなく通知が来ていただろうなと思う。でも話し合って伴侶登録はしないと決めた。自分たちはバース性とは関係のないところで結ばれた。だからそんなものは必要ない。

でも子どもを持ちたいと思うようになったら、そして千里が心から自分のバース性を受け入れられるようになったら、また相談しようということになっている。

そして千里は、ひそかにそれはあまり先のことではない気がしていた。

小野とは会社の懇親会で再会し、それから交流する機会が増えた。彼を見ていると、自分はバース性にこだわり過ぎていたのかも、と思ったりする。

今日は黒江の幼馴染みと一般人のカップルが正式に婚約したのでそのお祝いをしようということになって、その周辺の人たちも数珠《じゅず》つなぎに来ることになった。

フウカのファンだというので碧も誘い、属性も性別もカップルの組み合わせもばらばらで、半日バーベキューを楽しんだ。

アルファもこうやって知り合ってみたら普通の人だよね、と碧が妙に感慨深そうにいっていたのが、なんとなく胸に残った。

「千里」

キッチンでコーヒーを淹れていた黒江に呼ばれ、千里はカウンターの中に入った。焙煎したばかりのコーヒーのいい香りが漂ってくる。

「碧、コーヒー入ったよ」

「はーい。コーヒーいるひと～」

碧が庭に向かって声をかけ、いるー、という返事を数え始めた。

「千里」

黒江がグリーンのマグカップを差し出した。いつも千里が使っているものだ。

「ありがと」

無彩色の黒江の家に、千里は遠慮なくカラフルな自分のものを持ち込みまくっている。嫌がるかと思ったが、黒江はむしろそれを喜んでいる。

「自分ひとりで完結する人生なんて、俺はぜったい嫌だ」

ぜんぶがうまくはいかないだろうが、それも含めてこの人とやっていこう、と思える相手に巡り合った。

秋の気配のするリビングに、コーヒーのいい香りが立ちこめる。

千里は目を細めてコーヒーを一口飲んだ。

END

■あとがき■

こんにちは、安西リカです。

このたびショコラ文庫さんから、初めての既刊関連作を出していただけることになりました。これも前作「運命の向こう側」をお求めくださった読者さまのおかげです。本当にありがとうございました。


ただ、関連作といいつつ前作とは世界観が同じだけなので、がっかりさせてしまうのではないかと今から心配しています。特に前回のアンケートで「清明と風花のお話が読みたい」というご要望をたくさんいただきましたので、ご期待に添えず本当に申し訳なく思っています。

清明と風花はケンカップルですが、この世界のアルファは全員自分のオメガには頭が上がらないので、どのカップルも行く末はみな同じと思われます（笑）

イラストはまたミドリノエバ先生にお願いすることができました！　お忙しいのに、お引き受けくださって本当にありがとうございます。今回も個性的でスタイリッシュなイラストをつけていただき、とてもとても嬉しいです。前回同様、かっこいい表紙ラフを拝見してテンションがあがり、「これだ！」というタイトルを思いついたのですが（当社比）、あえなくボツになってしまい、それだけがちょっと心残りです…。

担当さまはじめ、関わってくださったたくさんのかたにもお礼申し上げます。（ちなみに今回のタイトルは担当さまが考えてくださいました！　ありがとうございます）ご迷惑ばかりおかけして申し訳ありませんでした。

最後になってしまいましたが、ここまで読んでくださった読者さま。本当にありがとうございました。

これからもマイペースで頑張りますので、どこかでお見かけの際にはよろしくお願いいたします。

安西リカ

初出
「オメガは運命に誓わない」書き下ろし

CHOCOLAT
BUNKO

この本を読んでのご意見、ご感想をお寄せ下さい。
作者への手紙もお待ちしております。

あて先
〒171-0014 東京都豊島区池袋2−41−6 第一シャンボールビル 7階
(株)心交社　ショコラ編集部

オメガは運命に誓わない

2019年7月20日　第1刷

著　者:安西リカ
発行者:林 高弘
発行所:株式会社　心交社
〒171-0014 東京都豊島区池袋2−41−6
第一シャンボールビル 7階
(編集)03-3980-6337 (営業)03-3959-6169
http://www.chocolat_novels.com/
印刷所:図書印刷 株式会社